心动苏州河

潘 真／著

商务印书馆

图书在版编目(CIP)数据

心动苏州河/潘真 著 —北京：商务印书馆，2008
ISBN 978-7-100-05755-4

Ⅰ.心… Ⅱ.潘… Ⅲ.散文-作品集-中国-当代 Ⅳ.I267

中国版本图书馆 CPI 数据核字（2008）第 015057 号

所有权利保留。
未经许可，不得以任何方式使用。

心 动 苏 州 河
潘 真 著

商 务 印 书 馆 出 版
（北京王府井大街号 36 号　邮政编 100710）
商 务 印 书 馆 发 行
上海豪杰印刷有限公司印刷
ISBN 978 - 7 - 100 - 05755 - 4

2008 年 1 月第 1 版　　开本 787×960　1/16
2008 年 1 月上海第 1 次印刷　印张 8 3/4
印数 4000 册

定价：48.00 元

序一

"偌大的一个上海,居然没有一个作家来好好写一写苏州河,上海的母亲河!"年初我的一声感叹,到了年末,同事潘真居然拿出了一本精彩书稿——二十篇散文集成的《心动苏州河》,自然惊喜万分。是令为序,予虽文或弱识或寡,亦欣欣然,勉力以襄盛事。

一段时间来,几乎每一周我都能读到新的"心动",读到新"心动"的创造过程。眼见潘真作一场场海侃神聊,随之一篇篇鲜活灵动的散文便消消停停地问世,是一份特有的享受。

《心动苏州河》的篇什,跨越了百年,记下了苏州河的昨天、今天、明天,是上海人苏州河情结的一场又一场的发布盛会。专栏文章引起共鸣,理所当然。

发烧级的,首推我们这等在苏州河里学游泳、在外白渡桥作跳水秀的,退潮时在河边淤泥里捉过泥鳅、捡过螃蟹的。

上海的政协主席也来参与,"说到苏州河呵,上海人都心动!"

上海新闻出版局的老书记,专业级。"这个专栏,两个词好,一是'心动',苏州河与上海人的生活息息相关,牵动人心;二是首篇'100条苏州河',就是多角度全方位地写苏州河。"

苏州河畔的居民也共鸣了,来信来电来访无计其数。

要紧的还是读文。潘真的文堪称美文,然她本人惧称美文。常有人夸潘大记者文章好,文笔优美。此时的潘真,每每如坐针毡。若再说成是小女人文章,一定会遭到强烈反击。

有资深同道说,潘真美文岂止文笔之美,情真意浓才是她大美之处。一杯好茶相伴,潘真的《心动苏州河》经得起细细品味。

在"怀旧派对"中揶揄现今穿旗袍女子,绘声绘色,下笔若有神,"'眼神不对呀!'匆忙地走路,大声地说笑,一举手一抬足之间,人间烟火气太盛。最要命的是,她们的双眸多多少少散射出凌厉的光。唉,这样的女子,怎么穿得好蕴藉的旗袍!"不合时宜之态寥寥数笔,呼之欲出。"凌厉"两字,绝妙点睛。紧接着又以与旗袍相称女子来反衬之,"有良好的家教,有未经污染的目光,'最是那一低头的温柔,像一朵水莲花不胜凉风的娇羞'。"对今世之俗女的伪雅,鞭笞入里。

潘文也常令人动容,"心动"写到沈尹默"文革"中苏州河旁的一幕:84岁的老人把明清大书法家真迹和自己的作品,"撕成碎片,在洗脚桶里泡成纸浆,再捏成纸团,放进菜篮,让儿子在夜深人静时拎出家门,倒进苏州河。长者精疲力竭,老泪纵横。"读到此情此景,谁不动容,谁不痛惜。

读潘文,最喜欢那临末了的凌厉一刺。由此,我冠之为"议政散文"第一人。在"心动"中比比皆是:

之二中,"失却了阳刚之气,上海还有资格跻身于国际大都市吗?"

之三中,"断了历史文脉,母亲河的水再清又怎么样?"

之五中,"上海,不应该反思吗?再如此心胸狭窄下去,海纳百川岂不成了一句空话?!"

末篇,竟披露了一条新闻:"我曾多次随政协委员视察苏州河主流、支流,印象最深刻的是,走近郊外的一些支流,依然有熟悉的气味扑鼻而来,令人避之不及。"

文品亦人品。我不喜欢赵松雪的字,恶其降元,便视其字媚。散文,情动之作,比之书法,自然更会折射灵魂。或直白、或隐讳,总会有心的光芒。无心之作,文字游戏尔尔,与世无补!

二十年做真记者,养成了扬善伐恶的正直之气。二十年与这座城市的精英在采访中互动,练就了匡扶正义的大侠心肠。

在《心动苏州河》中,我读到了潘真之真。

浦祖康

丁亥年冬

序二

潘真和我一样，都在上海出生，也都把上海认作故乡。现在她写了上海的苏州河。

上海有一条黄浦江，一条苏州河。这两条江河在外滩交汇。我曾在那里伫立良久，看苏州河流入黄浦江，觉得就上世纪生人而言，苏州河更像是上海的母亲河。浦东是新近的上海，怎么看它也属于未来。这就让黄浦江成了上海郭外的江流，是上海人出外的渡口。而苏州河不是这样。如果故乡是心的话，流在心的深处的苏州河，像一支穿心的箭。它让我们的心好痛，痛痛快快。

我想过，倘使我写苏州河，会怎么写？我想可能会写苏州河边抗击日寇的四行仓库，水天之间高高矗立的红旗，是女大学生送去的。会写苏州河水带走了我少年时代最好的同学，他读过马克思的《资本论》，很青春的年纪，一个人走了，他让我想到了鲁迅笔下的范爱农。还会写跨过苏州河，可以到达中国文心的深处,那里有鲁迅住过的景云里,还有郭沫若在那里译出了《浮士德》。八十年前的苏州河,一边是纸醉金迷,一边是长夜北斗。

现在是潘真写了苏州河。母亲的心思女儿能体谅。潘真写了母亲河,正是以她的一颗女儿心。苏州河有母亲的沉静和端庄,还有母亲的慈爱和哀愁。潘真写来心动如水,也心静如水。故乡的记忆,城市的记忆,是由无数细节完成的,是由无数过去、现在还有未来的细节完成的。这种完成的意义就在于永远无法完成,又永远在痛快地走向完成。这种完成是无数细节生发、成长和归于斑驳、平淡的过程。历史和场面,中间生生不息的人事,一一分开来看,其实都微不足道。这就叫大匠无名。苏州河是经历、湮没和记忆着世纪大动静的我们的母亲河。潘真以女儿的语调和心意写了大匠无名的苏州河。因为写,她一定在苏州河边流连许多个清晨和黄昏,还有明媚的有月亮和飘过细细雨丝的夜晚。儿时的许多梦想和思念，一定让她一回回捡起了女儿情致。饱经风霜的母亲河，养育了我们的母亲河，依然保存着美满愿望的母亲河，流淌在她的文字里，她的这本新书里。感谢潘真，是她的文字，让我们享受和记忆感动，就像在梦里，见到母亲的慈颜。

  潘真是个灵异的女子。一些年前初次见到她，就感觉她的心已许给文字。她应该心许文字。文字和人一起走来，文字和我们一起走到了苏州河边，和我们一起感觉这里是故乡。文字、我们和故乡连在了一起。潘真的这本新书，把这个秘密挑明了，而且表达得那么好，这在我是难以到达的。

  很感激潘真让我写序。我很愿意，我希望所有能读到这本书的读者，挑一些宁静和清丽的时间，细细读它，读潘真，读潘真笔下的母亲河。

陈鹏举
2007.12.23

目录

100 条苏州河	001
母亲河的黑与臭	007
寻找历史文脉	013
那些藏着故事的桥	019
上海,不应该反思吗	025
M50 的怀旧派对	031
傍着历史的生活滋味	037
"不沉之船"之魅	043
河畔人家怀旧	049
壹号码头	055
他从远方来	061
乐大豆的幸福生活	067
坐在阳台上画外白渡桥	073
名记者的苏州河情结	079
赛龙舟	085
慎余里来信	091
在上海闯出一片天	097
失衡的生态	103
画家心动	109
路正长	115
自由与无限的可能 (代跋)	121

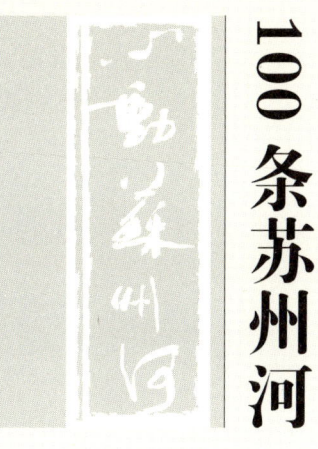

100条苏州河

写苏州河,你说。

写苏州河?我听到自己心跳加快的声音。

写苏州河,回家跟父母说了。几个月后,母亲不见动静,竟在电话里追问:苏州河,怎么还没开始写?

是啊,上海人,面对"苏州河"这三个字,有几人能无动于衷呢?

因为爱恨交集,所以心跳加快。

站在北京西路办公室的窗前,窗外是上海21世纪初的晴空。苏州河在望不到的远处,而我只需深呼吸,那熟悉的气息就扑鼻而来。

是1970年代初的苏州河。我在苏州河畔的托儿所里,全托。那大楼,如今还在,北京东路432号,名字叫"景楼大楼"。每天每天,顶层的小朋友们都在苏州河的汽笛声中醒来、入睡。那时候的上海多安静啊,河面上飘来的汽笛声因此格外的真切。"呜——呜——",大抵就是这样子闷闷的,像有心事隐忍着,只间或叹出一口气。无忧无虑的童年,我有的是时间趴在北边的窗台上,朝下面望野眼:城市灰蒙蒙的,能见度很低,但看得到小小的轮船,很多时候还是一长串拖轮,"突突突突"地慢慢由东向西或由西向东。我喜欢远远地用眼睛追逐轮船,喜欢不知道它们从哪里来到哪里去的感觉。

感谢苏州河,让一颗小小的心,充满了对未知世界的好奇。懵里懵懂的孩子大概都是不计较脏不脏的吧,而且高高在上,又哪里闻得到气味。反正,童年的我不记得苏州河的黑和臭。国庆节跟着父母去看灯,一遍遍地走过外白渡桥,我也没觉得苏州河有什么不对的地方。

上大学的时候,夏日里与同学结伴游外滩,近距离观照了阳光下的苏州河——它泛着黑色的油光,还散发出恶臭!这就是我们的母亲河吗?我惊讶到失语。

1990年代中,我写了一篇《有河的城市》给晚报:班车驶过外白渡桥,看到了苏州河,

陈家泠 作

司机忽然大声说："我们小时候在这里钓泥鳅……那时候水还是很清的！"不敢轻信的我，却羡慕日剧里的小鹿纯子，一有烦恼就往河边的坡地跑，一个人面对底下明净的粼粼波光发发呆……而"我们这个城市纵然有河也泛不起半点诗情画意，很多人只好躲在家里排遣烦恼了，钓泥鳅则更是天方夜谭！"

然后，有一次在和平饭店楼顶的露台上采访，无意中往下眺望，眼见黄昏里的苏州河与黄浦江黑黄分明地交界着，我又惊讶到失语。

那么，发现海鸥翩跹于江河汇聚处又是在哪一年呢？记忆犹新的强烈感觉还是惊讶，但仿佛有明净的粼粼波光在闪烁了，我终于面对我们城市的河微笑了。

写苏州河，请给我一些建议——向朋友们发出短信。

任兄，有着良好文字感觉的国画家，在第一时间回电，谆谆教导：要写出母亲河与百年上海变迁、与上海人命运动荡的息息相关，写出苏州河功能和使命的巨变，"故事太多了！"我说，由他这样50出头的上海人来写，可能会比我写得贴切；他却说，50出头还不够格。我说，班车司机（现在大约60出头吧）小时候在那里钓过泥鳅；他却说，不可能，"我们小时候河水已经是黑的了，跳下去游泳后回家就

发了一身疹子。"

忘年交 Bill,"英文通"老上海,当即回信:"又是个大题目!四行仓库是一定要写进去的。"当晚,又追加 e-mail 回首 70 余年的悠长往事:"老顽对苏州河的第一印象是 2 周岁,现在还健在的'景云大楼'(河南路北京路口,刘湖涵的房产管理总部,顶层是住家)八层后窗,隔河可见日本飞机在闸北扔炸弹,接受了第一次爱国主义教育。以后十多年直到 45 年抗战胜利,从来没有到过河北边。耳边听到,过外白渡桥去河北的平民行人要向日本守军行礼的恐怖屈辱,小孩子家怕煞,对苏州河没好印象。70 年代,盛夏期间,光腚男孩从苏州河桥上往下跳也是一景,后来就要屏气掩鼻桥上急过了……80 年代初去西德一个小城,是恩格斯的故乡,城里弯弯曲曲一条小河,宽窄似苏州河,但水很清。德国朋友告诉我,在工业革命时期,这条比苏州河短得多的河是运输供水排污的干道,当然也臭气熏天过……"在信的末尾,他浪漫主义大发作:"写个苏州河之歌吧!……几个乐章,慢板快板变奏……"

同行吴,业内策划高手兼超级敬业工作狂,短信回得我肃然起敬:"苏州河说来话长,我曾经雇船跑过几回……预言过莫干山路的崛起……"

旧同窗管,爱好舞文弄墨的房产商,接了

信竟没反应。我刺激他:"你太年轻了,对这个话题不敏感。"他马上回复:"瞎说! 我叔叔就在河里游过泳,运气好的话还可以抓到鱼……"我再问当时河水什么颜色,他只好说等问了叔叔再告诉我。哈哈,到底还是太年轻啊!

老外的那句老话怎么说的?有100个观众,就有100个哈姆雷特。问100个上海人,岂不就有100条苏州河?

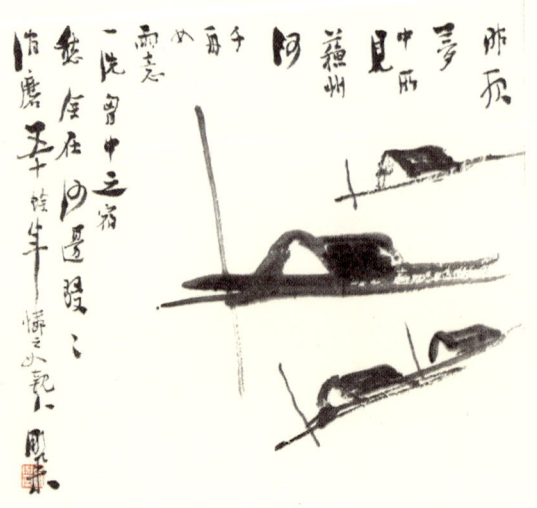

陈鹏举 作

母亲河的黑与臭

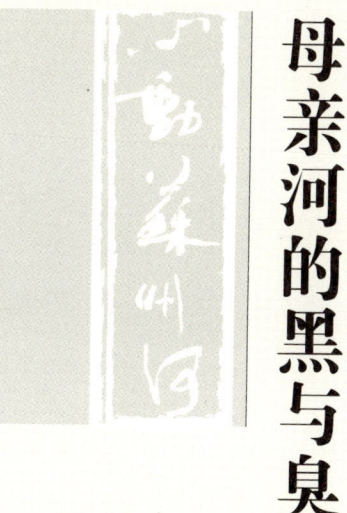

写下这个标题,很是于心不忍:母亲河,温柔的母亲、灵动的河;与之紧逼的,却是黑,却是臭。

在办公室里,美编画家燕形象地向我描绘那个黑:"完全可以在河边挂块牌子,就写'上海墨水厂'。"他还以老上海的深情考据:人们都跑到松江去吃松江四鳃鲈鱼,殊不知应该是淞江四鳃鲈鱼,淞江就是吴淞江的简称,吴淞江就是苏州河啊!然后,他叹息于苏州河的严重污染:"四鳃鲈鱼,长再多的鳃也逃脱不了死亡的命运啊!"

小时候读过乡土地理,知道孕育上海的是吴淞江。其实,现在这条河由西向东流经上

海的下游叫苏州河,而作为青浦、嘉定界河的上游仍称吴淞江。苏州河,原是一个外国名字:Soozhou Creek。是一百多年前,英国商人叫出来的,因为他们只知道这是一条通往苏州的河。上海开埠伊始,内地的丝绸、茶叶、瓷器、土布,都是通过这条河进苏州,流入大运河,到达五湖四海的。上海因了苏州河,才成为水路辐辏、万商云集的通衢……

俱往矣。后来,翻开关于这座城市的历史,经常会冷不防地撞见这样的记载:

自从1963年苏州河全年出现了22天黑臭以后,其黑臭天数和程度每年即大幅度增长,到1981年全年黑臭已达151天,再以后苏州河便是天天又黑又臭了……

苏州河边的上海大厦,旧时赫赫有名的百老汇,曾几何时还是我们引以为豪的地方。共和国的领导人喜欢带着尊贵的国宾,登上18楼露台,把酒临风,鸟瞰上海全景。有一张经典的老照片,记录的正是周恩来总理与尼克松总统在那上面笑谈的瞬间。可是,到了1970年代末,这档传统节目被悄然撤下。而当年上海大厦的图录,白纸黑字赫然印着:"值得一提的是整个大楼已全部改换为密封性良好的铝合金和茶色玻璃窗,其密封程度和隔音效果使得原来环境嘈杂和飘进来的河水气味的致命弱点得到了克服。"这样的简介,堪称千古奇文吧?据说,为"密封性良好"

杨秋宝　作

花去的银子,是350万美元。

那时候,外来客入住海鸥饭店,无意中发现朝南的水景房与面北房间的价钱是一样的,捡着便宜似的要了水景房入住之后,才发觉恶臭难挡,只好整天紧闭窗户,隔窗观景——笼罩在阴霾下的水景。

"一定要搬得离河远远的!"从前住在苏州河边的人,曾经都许过这样的愿。搬离苏州河,甚至成了一些上海人为之奋斗一生的目标。今天,当一个年轻的农民工坐在东家的窗台上饱览苏州河美景时,他怎么可能想象多年前上海人避之唯恐不及的心情呢?

水是引领生命的神灵啊!自古以来,人类就喜欢临水而居,繁衍生命。是水,让人类生机勃勃、生生不息。所以,随着经济、文化的发展,主干道总归会成为一个城市的亮点。可是,蜿蜒了一千多年的苏州河,却也是由于发展,而变黑变臭,而危及市民的健康。

也有把苏州河当作天堂乐园的,是孩子们,确切地说是当年的男孩子们。

与燕画家相似,毕画家少年时代有过从很远的家步行到苏州河某一段游泳的故事。"游着游着,听人喊'粪船来了',赶紧往岸边逃……"我想起又黑又臭的河水,稠得仿佛流不动的样子,很怀疑。他解释,涨潮的时候,水没那么黑那么臭那么稠,还是可以游泳的。说到涨潮，两位画家来劲了，"最崇拜从四川路桥、乍浦路桥上往河里跳的小孩，甚至还有从外白渡桥顶上往下跳的呢！"话音刚落，浦总走进来，一语惊人："我就从桥上跳下去过！不过，没敢从外白渡桥顶上跳。"大家乐了，原来身边就有值得崇拜的人哪！

  春末的一天，我特意徒步外滩，走过外白渡桥。风微微地吹，闻不到臭味，河水也早已不复是黑色，不远处还有水鸟啁啾。但当我抬头望那高高的钢梁顶端，忽然，喧腾的市声消退了，旧时的气息卷土重来，我看见一个肤色黝黑的少年高喊着"瓦西里——"，双臂张得像翅膀一样，从钢梁顶端飞下来，在空中定格了片刻，"咚"的一下跃入黑幽幽的河中。桥上的围观者，有大声喝彩、吹口哨的，也有怪叫"警察来了"的。不一会儿，跳水少年的头从远处冒出来，英雄凯旋般向桥这边挥手致意……

  富于创意的人说，也许哪一天，外白渡桥跳水会成为一项著名的极限运动，因为它具备现代极限运动的一切因素（冒险精神、都市场景、视觉传播力、新闻耸动性）。是啊，上海大厦又改回了旧式的钢窗，因为苏州河不黑不臭了，据说将来的目标是法国的塞纳河、英国的泰晤士河、德国的莱茵河。在举世闻名的美丽的苏州河上跳水，多么令人憧憬！

  然而，看到这个城市选出来的"好男儿"

一个赛一个的"花样"、阴柔,我马上又想,极限运动是没有希望了!

——失却了阳刚之气,上海还有资格跻身于国际大都市吗?

陆志文 作

寻找历史文脉

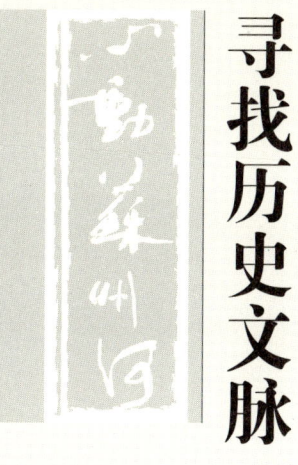

在上海大厦旁边的码头搭船，溯流而上，去探望苏州河。

坐在船舱里，看河水汤汤，风吹进来，没有令人不快的气味。我当然知道，苏州河整治一期工程使得这条河的干流早在七年前就结束了几十年黑臭的历史。

已有多少年，不曾与母亲河离得这么近了？出发前，惦着登琨艳的一句话："是苏州河的臭救了苏州河。"我好想看看，苏州河两岸到底有哪些好东西因臭而幸免于毁灭。

一路往西北去，当第一个河湾骤然迎面而来，眼前出现了M50。想起某个春风沉醉之夜，在莫干山路那一片由从前的车间、库房、

行政楼改建的创意园区里，我参加过的一个酒会。简直像是梦境，废弃了很久的暗淡的老厂区，几时被仙女的魔杖点化了，一夜之间熠熠生辉起来。那一大片建筑，远望仍保持着老房子的模样，近观却已是现代气息浓郁的画廊、工作室了。仓库文化，给苏州河的这一段带来了新生的活力。人们忘了她还有个官方名字叫"春明艺术产业园"，而比照纽约艺术家聚居的SOHO，唤之为上海的"苏荷区"。可是，进驻M50的艺术家说，有些更值得保留的老房子早已被拆了。

船前行着，忽闻一声惊呼："有鸟！"往岸边看去，果然有一只羽毛灰白的小鸟，孤零零地站在那里，一动不动，像微型雕塑。或说是夜鹭，白天就这样站着睡觉，到晚上才会"活"过来。或说应该叫灰鹭，喜欢独居。十几公里的水路，大家数到了15只这样的鸟。环境好了，鸟才会亲水，像人一样吧。

朋友告诉我，王安忆小说《富萍》里写到苏州河："船在苏州河，岸上的楼房像拉洋片似的拉过，又像换片子一样，换上另一番景象：遍地的油菜花，瓦蓝的天空"、"涨水的苏州河，河面干净，河水清冷，船抬得很高，几乎与岸齐平。沿岸的大仓库，百姓人家，画卷似的慢慢展，罩着水色。天也罩着水色，人在其间活动，都变得薄弱，绢人似的。"这田园诗一

程多多 作

般的句子，据说源于女作家1990年陪同日本摄制组拍苏州河时的感觉。

可时隔17年，在水更清的苏州河上，我却读出了荒凉和困惑——

沿岸的景，一会儿是脏乱的废墟，一会儿是毫无个性的水泥堤坝，一会儿是空洞的老厂房，一会儿是半新不旧的办公楼，一会儿是成片陡峭蔽日的高层住宅……拆什么、建什么，看不出整体规划。上海历史的记忆在哪里？母亲河的明天什么样？

曾几何时，房地产商纷至沓来，苏州河畔沿岸几个区各自为政，一座座高楼各行其是，瓜分着岸边的地盘。在"亲水楼盘"、"水岸住宅"广告的诱惑下，买家云集，房价遂节节攀升。待《苏州河滨地区控制性规划》出台之时，水泥森林紧逼河岸巍然屹立早已成为不可逆转的事实。生态保护主义者咬牙切齿道："要是毛主席还在，一声令下'炸了！'……"

炸了？这世上不是没有炸掉高楼大厦的先例。去巴黎朝圣的艺术家回来说，走在艺术之都，不时会有陌路的当地人建议：您一定要参观我们最著名的博物馆。所指是由老火车站改造而成的奥赛博物馆。巴黎城内空出来的老房子，往往被小心呵护，不少就改建成博物馆。数百年来，旅人们眼中的巴黎就一直是辽阔无垠的蓝天之下，古老的黄色石墙、黑色屋顶。想在巴黎市区新建九层以上的高楼？等

着严格审批吧!巴黎人看不得任何与他们的城市不相称的物事,比如那些诞生于上世纪六七十年代的摩天大楼,市民们齐心协力要炸掉它们,结果还真遂了心愿。

再来看看,上海炸掉了什么。6月9日,我们的"文化遗产日",文管会组织外国友人在外滩附近看老建筑。我走过虎丘路,忽然想起老文汇报大楼——犹太富商哈同为纪念父亲而捐建的犹太会堂,当时旅居上海的犹太人的重要活动场所。1980年代末,这座"最奢侈的犹太人避难所"竟然被炸掉了。后来,一批批犹太人回来瞻仰第二故乡,终究遍寻不着这座最具纪念意义的精神家园!

蜿蜒流淌了千余年的苏州河,见证了多少上海的历史啊!今天,她的自然生态确实是好转了,可人文生态呢?

船到曹家渡,上岸前往梦清园。梦清园里,有陈列苏州河今昔展的梦清馆。这里原是建造于1930年代的上海啤酒厂,设计师就是那位创造了国际饭店的邬达克。偌大的厂房,整个结构居然采用的是无梁楼板。这种现代没有的建筑风格和艺术,理所当然地被保留。可惜的是,完全应该珍藏于啤酒博物馆的铜质制酒罐,早以十几万元的价钱不知给卖到哪儿去了。

有一天,当人们终于意识到要保存过去、

建造诸如苏州河民族工业博物馆的时候,承载她的是某一片藏着故事的老厂房好呢,还是新造的假古董或现代建筑好?答案不言而喻。可是,可是我们去哪里找回那些早已被炸得灰飞烟灭的老房子?!

断了历史文脉,母亲河的水再清又怎么样?

周加华 作

那些藏着故事的桥

客居巴黎的中国女画家潘玉良,在贫病交加中,让朋友把她带到塞纳河边。她的身旁,是巴黎最古老的新桥,新桥连接着的巴黎发祥地西堤岛上故事连篇:雨果在那里写出了《巴黎圣母院》《悲惨世界》,卢梭、左拉、巴尔扎克、莫泊桑、莫奈等跑到那里蛰居……可女画家倚在塞纳河边的长椅上,久久怀想的,却是在遥远的苏州河边、天妃桥畔流逝的花样年华。

友人说起这段故事时,我刚读到关于天妃桥的重大新闻——天妃桥,便是将要被拆除的河南路桥。

河南路，是上海第一条拥有正式名称的现代马路，又是著名的"界路"——河南路以东的苏州河两岸，就是当年的英美"租界"。河南路桥，始建于1875年。清光绪五年（1879年），清政府派出大批人员出国访问考察。"出使大臣"中有个叫崇厚的，为企求"妈祖娘娘"保佑和培训外交礼仪的需要，奏请清廷在上海重建"天妃宫"和"出使行辕"。1883年，两座建筑相继竣工于河南路桥北堍。由苏浙闽粤四省船帮募资兴建的天后宫，吸引了一批批外出官宦、归来游子和平民百姓，香火一直很旺。出使行辕更是接待过众多中外要员，又催生了中国最早的商会——上海总商会。桥以庙贵，河南路桥不再是土里土气的界路桥、三摆渡桥或铁大桥，一度就被响当当地叫做天妃桥、天后宫桥。

三摆渡桥也找得到出处：从前，苏州河上没有桥，两岸的人来来往往都靠摆渡船。最早的渡口设在今天的乍浦路某处，俗称"头摆渡"。此后出现在头摆渡以东的渡口为"外摆渡"，以西的就依次为"二摆渡"、"三摆渡"。

这就说到了外白渡桥。1856年，英国人韦尔斯在外摆渡上建造了一座大木桥，人们叫它"外摆渡桥"。可是，中国人过桥都得交税。在上海人民日益高涨的反过桥税呼声中，1873年8月，工部局在外摆渡桥以西的苏州河与黄浦江汇合处，建成一座木桥，因在外滩

戴逸如　作

公园旁,故定名为 Garden Bridge（公园桥）。但上海人昵称它为"外白渡桥"（白,即不必付钱）。今天矗立在外滩的外白渡桥,沪上钢式桥梁的"鼻祖",则是1907年的杰作。那象征着早期工业革命时代的巨大工字钢梁和铆钉,展示出一种阳刚的力度。一个世纪后,有异乡客从东方明珠俯瞰,还发出"外白渡桥就像一个坚毅男人的脊梁……"的赞美。

谁说上海的桥没有故事？只是长期以来,这个城市匮乏珍惜历史的心思和素质。

有一座与外白渡桥风姿迥异的木桥,袅娜在我的缅想里。她的名字,叫学堂桥。很久以前,在书上读到上海最早的高等学府圣约翰大学,说她三面环水、一面傍着中山公园,且有一桥横跨苏州河；说1929年她建校50周年,士绅们集资所建的纪念坊上有对联"环境平分三面水,树人已半百年功",我就后悔高考志愿没填圣约翰旧址上的华东政法学院。待多年以后有机会游华政,却只找到建于1980年的一座石桥,哪里还有穿过浓密树荫的学堂桥？桥是民国23年(1934年)上海"面粉大王"荣德生捐资建造的,荣家的孩子荣毅仁那时就在圣约翰念书。据说,因其高度影响船舶通行,那桥早在1967年就被拆除了。取而代之的石桥,看上去毫无美感可言,也并不坚固。才几年啊,就已是一副颓败模样！

可人家新桥,1603年建成后栉风沐雨了四个世纪,至今还健健康康的,以至于法语中以"新桥"比喻经久耐用的东西,"像新桥一样旧"是用在老古董身上最好的词。1991年公映的法国电影《新桥恋人》又为这座桥增添了新的故事、新的色彩、新的寓意,从此,新桥成为全世界有情人心目中的最佳"海誓山盟地"。

如果说一座桥就是一座博物馆,那么苏州河上的26座桥便是26座博物馆了。无数从前被毁灭的已经没法追回,今天的上海人若再不用心呵护,博物馆将徒有虚名。

还好,关于天妃桥拆除的新闻中透露了一些令人宽慰的消息:老桥的"桥魂",即老桥的每一处精彩细节将被充分保存。在已通过论证的"河南路桥重生方案"中,立体激光仪的"三维扫描技术"被用来留下老桥的"活标本"。老桥上原有32个花饰,因年代久远而漫漶。寻寻觅觅,技术人员从已消失的天妃宫获得灵感,推断那些花饰应是蕴涵宗教意味的莲花。所以,新桥的桥身上将出现莲花装饰。技术人员还对桥墩、桥腰线、主灯灯柱等进行脱模仿真复制。老桥构件拆下后,一部分直接装上新桥,剩下的或在新桥某处集中展示,或送市政博物馆保存、陈列。在新桥建造中,老桥的桥面、桥眉、桥墩、桥栏杆等的美学风格

也将得到保存。甚至,新桥将采用新型涂料,使其整体色调与周边的老房子相称。

　　苏州河上所有藏着故事的桥都能得到如此善待吗?上海所有藏着故事的旧物事都能得到如此善待吗?只有当答案是肯定的,这个城市才是有文化的、懂得生活的,才是文明的、进步的,才是可持续发展的。

徐昌酩 作

上海,不应该反思吗

尽管有那么一些人始终不愿意承认,我还是要说,苏州河有今天,登琨艳功不可没。写苏州河而绕开登琨艳,绝对不公平。

登琨艳是何等人物?早在上世纪七八十年代,他就和林怀民、罗大佑等崛起于台湾,做着激活中国文化的大梦。后来,这几位都声震海峡两岸,继而名扬中外。登琨艳离开台湾时,已是身价不菲的建筑设计师。

我没有问过登琨艳,为什么在事业如日中天的时候选择离开,但想象得出他当年寻求突破的决心。

在美国,他惊异于那片"新大陆"上的人

们追逐新事物的同时，懂得维护上世纪初遗留下来的旧迹——破败的旧海港、火力发电站变成了现代化的舞厅、餐馆、画廊、酒吧、时装店，被新工业发展抛弃的港岸旧城区因而活色生香。

在法国巴黎，他瞻仰奥赛博物馆时听说，1900年这里建了个火车站，有艺术家说新火车站美得像个博物馆，没想到1986年火车站不用了，真的被改建成金碧辉煌的艺术殿堂。

他在笔记中写下："我在国外旅行，游览外国人的古迹，发现不论古迹的历史年代多久，他们都在修复之后继续维持或成长出新的生命活力，让古迹就像活着的艺术品。"

然后，他到了上海。骑着自行车，背着相机，他在城市里四处游荡，从外滩到复兴岛，寻寻觅觅八年，等待创意灵感的闪现。他住在外滩黄浦江和苏州河交界的老房子里。黄浦江被他看作是上海的任脉，苏州河则是督脉。他说，一个不尊重历史的城市是有病的，就像任督二脉不通。当时的上海，"拆"声一片，他为上海的昨天惋惜："近代工业群落怎么是城市的负担呢？那是城市珍贵的遗产！"

1990年代初的某一天，登琨艳的目光被苏州河畔的旧仓库吸引。虽然那片破烂房子已被标上"拆"字，但他还是嗅出了其中的文化气息。于是，他逢人便说苏州河畔的仓库拆

贺友直 作

不得，还试图拿纽约SOHO的成功例子说服某些人物支持把旧仓库改造成创意产业园区。可是，几乎没有人听得懂他，有人还把他当疯子。

"跟谁说都没有用啊！算了，我做给你们看！"他租下了苏州河畔的第一个工作室，据说是建于1933年的杜月笙粮仓。2000平方米的空间，到处是不知何年何月堆积起来的垃圾，散发出阵阵霉臭，屋后则是泥泞不堪的小径。他租了辆中型货车，运了100多车，才清理掉所有垃圾。屋顶窗口的违章建筑拆除后，灰色砖混结构的粗犷质感显露出来。他搜罗了上海石库门残砖旧瓦，用以营造后现代艺术家工作室……忽然之间，苏州河畔的旧仓库由一位非上海建筑设计师妙手回春。

此时，登琨艳再提出"整治苏州河，保护老建筑"的建议，促使有关部门重新审视规划，保护苏州河沿途文脉才被提上议事日程。"从苏州河黄浦江交界处至南北高架之间这十几公里，有57幢老厂房被保护下来了！看似荒唐的一个乌托邦，居然被我实现了！"今天，登琨艳拿一支水笔，在上海地图上圈圈点点，心中蓄积了多大的成就感啊！尽管后来，他要把苏州河岸的艺术仓库整合成一个创意中心的设想夭折了。

在上海这一国际大舞台上创造了奇迹的登琨艳，被美联社、《纽约时报》誉为"上海重新的发现者"、"一位极简主义大师"。2004年10月,因"工业建筑保护再生"项目,他荣获了"联合国亚太文化遗产保护奖"。东京大学还为此授予他荣誉博士学位。去年,有四分之一的时间,他在欧美演讲,主题就是上海的人文生态保护。世界上最好的大学争相请他、给他最热烈的掌声。海峡彼岸的台北市也在力邀他回去,主持规划台北创意产业园区。

这个人,他跟上海毫无渊源关系,却把生命中最美好的18年献给了上海,为保护上海的一点遗产而不惜倾家荡产。朋友说,他比上海人还热爱这个城市,热爱苏州河。现在,他把工作室转移到杨树浦路上的昔日国企旧厂区,"也是十几公里,还是做旧工业遗产保护、创意产业。"他又在烧钱了,把家里的房产都烧得差不多了。

可是,上海给了他什么呢?

自己有责任做却没有能力或者没有想法去做,而别人做成了,正常的反应该是佩服然后虚心求教啊,怎么可以酸溜溜地假装没看见,甚至说别人得联合国奖是"误打误撞"呢?中国还能不能找出第二个文化人,在这片土地上独自辛苦耕作,收成惊动了联合国?上海召开文化遗产保护会议、创意产业会议,为什么就不能邀请这位专业对口、经验丰富的专家呢?冷漠、傲慢乃至诋毁,这样的负面情绪与大上海相称吗?!

排斥登琨艳的上海人当中,有政府"现管",有他的建筑设计师同行,还有我的记者同行。

作为上海人,我为此感到羞愧、痛心。

有媒体曾昵称余秋雨、陈逸飞、登琨艳为"海上三少"。而今,余秋雨远走,陈逸飞离世,登琨艳则在委屈疑惑中闭门谢客。

上海,不应该反思吗?再如此心胸狭窄下去,海纳百川岂不成了一句空话?!

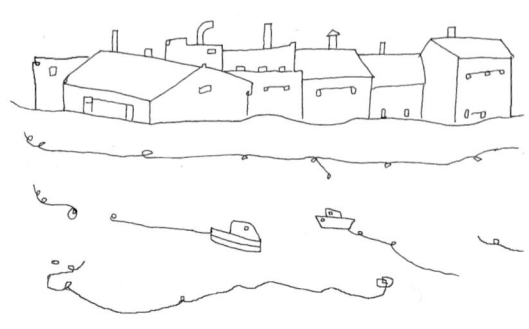

李京南 作

M50 的怀旧派对

夏日的夜幕中，M50 浸在一片恬淡的光影里。隐隐约约，我听到那个叫张军的"昆曲王子"在哼唱："苏州河南面，恒丰路桥后头，莫干山路 50 号，还是看得到老早……"这支据说是 M50 创意园主题歌的，风格有点妖：Hiphop？Rap？紧跟节奏明快的主旋律的，怎么还有传统韵味的昆曲和锣鼓？

我想着 M50 的前世：位于苏州河南岸的这个半岛，原是近代著名徽商周氏家族的产业，1937 年筹建信和纱厂，解放初期改为信和棉纺厂，1962 年改为上海第十二毛纺厂，1994 年改为上海春明粗纺厂……

可一路往里走，走进 M50 的今生——两旁闪过的尽是设计独特的艺术画廊，我怀疑自己是否真的穿行在苏州河畔的旧厂房、旧仓库之间。事实是，这里拥有自 1930 年代以来各个历史时期的工业建筑 4.1 万余平方米，是目前苏州河畔保留最为完整的民族纺织工业建筑遗存。而进驻的 60 余家画廊，有英国、法国、意大利、瑞士、以色列、加拿大、挪威等国家和香港地区以及来自国内十多个省市的，门类包括平面设计、建筑设计、环境艺术设计、艺术品（首饰）设计、影视制作等。在这个人气旺盛的艺术家天地里，藏着香格纳画廊、比翼艺术中心这样享有国际声誉的画廊……

寻到 17 号楼，发现楼前泊着一群黑色的轿车，有好几辆挂的是黑牌照。拾级而上，二楼的"老上海文化中心"，"摩登上海，激情之夜——中俄文化交流年系列之精英沙龙联谊活动"即将拉开帷幕。

不会是梦境吧？在这样的酷暑里，昔日的臭水浜边上，竟开起了养眼的派对！置身衣香云鬓、高朋满座的场子，朋友忽然说："这里从前是工厂的食堂……"此话有蒙太奇效果，文化中心——食堂，加深了我的梦幻感。

我们在"大食堂"旁边的房间喝茶。这个房间里，所有的东西，那些餐桌椅、沙发，那些

033

动苏州河

王宏喜 作

电唱机、木壳冰箱,那些台灯、小摆设,都是有年代的、藏着故事的。餐桌上,一名男子和一名女子的微笑,分别定格在两帧老相框里。男子像是城市平民,衣着整洁而略显拘谨;女子呢,大约出自中产家庭,神情中透着温婉和煦。

此时,有三三两两穿旗袍的女子走进来。朋友瞥一眼她们,叹道:"现在的人,旗袍穿不出味道了!"我说:"眼神不对头呀!"这些个旗袍女子,匆忙地走路,大声地说笑,一举手一抬足之间,人间烟火气太盛。最要命的是,她们的双眸多多少少散射出凌厉的光。唉,这样的女子,怎么穿得好蕴藉的旗袍!在我的想象中,与旗袍相称的女子,应该就是刚才那帧老照片里的样子:有良好的家教,有未经污染的目光,"最是那一低头的温柔,像一朵水莲花不胜凉风的娇羞……"看似弱不禁风、与世无争。其实,那样的旧式女子往往是一个好人家的主心骨——平时从不抛头露面,临到国破家亡的关头,就是她们以柔克刚,默默支撑着家庭渡过难关,而一旦雨过天晴,旋又恢复柔弱的模样。在我们的祖母辈中,这样的好女子比比皆是。唉,旗袍女子的花样年华,一去不复返了吧!

隔着落地玻璃窗,可以看到"大食堂"里好戏上演了。一名俄罗斯女子吟起普希金的情诗《致凯恩》:"我记得那美妙的一瞬,我的面前出现了你,有如昙花一现的幻影,有如纯洁之美的精灵……"不禁令人想起上世纪二三十年代,白俄贵族聚居上海滩,给这个城市带来优雅生活情调的往事。俄罗斯人,展示着他们的爱情诗篇、经典音乐、民族服饰和《俄罗斯在上海老建筑摄影展》;上海人,则把一些古董的和当代手绘的旗袍搬到台上,向到场的中外来宾现宝。爵士乐奏响了,烛光摇曳中,有人轻语,有人浅酌,有人翩翩起舞……

如此良辰美景,真的是在苏州河畔吗?我又恍兮惚兮起来。推开"大食堂"的后门,把烛光、音乐撇在身后,走到露台上,潺热的夜风拂面而来,我看到了下面的苏州河。告别了黑臭,苏州河在上海人的生活里像是隐身了。而其实,它就在不远处,静静地见证着上海的沧海桑田。

来过几次的朋友,在老房子后面找了一会儿,才找到那个不起眼的入口。我们循着窄窄的水泥梯子走上去,拐弯,再往上,看到了传说中俯瞰苏州河视角最佳的小屋。可惜,门锁了。透过紧闭的窗户,只见那个素雅的空间里,有一方矮几,上面摆着清淡的茶具。夜幕四合中,我想着几时白天再来,沏一杯香茗,临风看河景……

M50,苏州河自下游上溯的第一个弯道。虽然前几年已有一些珍贵遗迹被毁,但总算从幸存下来的旧厂房、旧仓库里，开出了中国当代艺术的新花来，成就为上海的一个艺术地标。原生态的多元的民间的气质，使 M50 灵动在上海的怀旧气息里。

M50 的怀旧派对

程多多 作

傍着历史的生活滋味

小时候,随长辈把味精叫做"味之素",从没问过为什么。直到今天写苏州河,不断地听年长的"老上海"提醒我:别漏了吴蕴初的"佛手"牌味精打败日本"味之素"那一段。这才想到去翻一翻历史,原来,80多年前,这支中国民族工业的正气歌曾经就在苏州河上空回荡。

1921年前后,日本"味之素"进入中国市场,因广告独特、味道鲜美而备受青睐。泱泱大国,难道连鲜味剂也要从日本进口?化学师出身的吴蕴初太不甘心了。在自家阁楼上,他

没日没夜地埋头试验，最终从面筋中提取出谷氨酸钠。吴蕴初与张逸云，这两个中国人，合作生产起中国味精。1923年，中国第一家味精厂——天厨味精股份公司诞生。"天厨"自然成了日本人的眼中钉。在几个回合的激烈斗争之后，趁着全国掀起抵制日货风潮，"佛手"取代了"味之素"。"佛手"味精，后来荣获费城世博会国际大奖。为了不再从日本进口原料，吴张又联手在苏州河边购地造房，开办了中国第一家氯碱企业——天原酸碱厂。后来又有了天利氮气厂、天利硝酸厂，使中国化工彻底摆脱了对日本的依赖。1933年，"天厨"向国家捐献一架12万元的霍克型战机。"八一三"淞沪抗战爆发后，"天"字号化工"托拉斯"紧急向大后方转移，"天原"、"天利"两厂惨遭日军飞机轰炸……

苏州河畔，这样的故事太多了。上海的这条母亲河，从某个角度看，就是一部民族实业家在外国垄断资本和封建势力的重重阻碍下，实践"实业救国"理想的艰辛创业史。后人若想看近现代上海工业发展史，看这个城市经济、社会百年巨变，这些民族工业企业的发展和变迁正是一个缩影，一个具体而微的标本。

这段独特历史的遗迹，那一座座幸存下来的旧厂房、旧仓库里，该蕴涵多少温暖的细节啊！"历史，就在这无数温暖的细节中暗自

動・蘇州河

王震坤 作

运行。"是谁的名言？揭示出呵护旧日痕迹的伟大意义之所在。

这些年来，我们见过太多对遗迹的破坏。所以，在普陀区发现一个呵护计划已在实施中，我是多么的欣慰！

流经普陀区的苏州河有14公里、岸线长21公里，河流在这个区域内优雅地打了9个弯，形成18个半岛。这一路，特别是长风地区，密集着一大批民族工业企业遗址。今天的普陀人要伴着苏州河历史生活，最得天独厚了。

在沿真北路中环线的苏州河边，有一大片100多米宽的亲水岸线，700多亩地，既不做房产，也不全是绿地，30亿巨资投下去，迁厂、置地、绿化，只待打造一个苏州河民族工业文化公园。其中的一些有价值的老厂房被保护、被改造，还将新造一些风格协调的建筑，安置10家体现民族工业特色的专题博物（展示）馆。

想象一下吧，不久将来的某一天在这"一园十馆"内的"博物馆之旅"：

与中国近代化学工业奠基人之一吴蕴初相关的，是化工（专题）博物馆。那一片老厂房里，吴先生在1934年引进的美国杜邦公司合成氨中试装置和法国卡登巴许公司空气法制硝酸设备等一批老工业设备和设施，被保存得好好的。在原上海火柴厂的锯齿形老厂房改建的商标火花博物馆，可以看到最早的火柴以及照明发展的历史。这里收藏着大量的民族工业商标、产品和火花实物，成了苏州河及上海民族工业企业商标品牌文化展示中心，兼上海知名企业商标品牌推广发布和研究中心。印钞博物馆简直就是一座完整的印钞大楼，集印钞和展览功能为一体，馆内每两层生产车间之间都建有一个环形的夹层，设参观走廊。透过脚下的玻璃，可以亲眼目睹一张白纸变成钞票的全过程。在顶楼的展厅，展出了上海印钞厂自1941年建厂以来所有的产品，包括第一至五套所有面值的人民币，以及粮票、布票、国库券、汇票等。在建于上海最古老的啤酒厂厂房的啤酒博物馆里，可以观摩上海早期的啤酒生产工艺过程，品尝世界各国的啤酒，感受德国、美国的啤酒吧。纺织博物馆建在上海最早的面粉厂房里，展出织布机等传统的纺织器材。印刷博物馆据说可以重印《大公报》、《申报》等几大上海古老的报纸……

　　从博物馆出来，漫步在公园的绿地中，与一尊尊民族实业家塑像面对面，黄佐卿、吴蕴初、荣宗敬、荣德生、严裕棠、孙多森们仿佛穿过时光的隧道，娓娓地向我们道起创业史……

　　听说，主事者的目标是德国鲁尔工业区。

那也是一片老工业区,经历了类似的结构转换与衰败,凤凰涅槃而为举世闻名的文化旅游热土。目标远大,苏州河民族工业文化公园于是在世界范围征集方案。

傍着活生生的历史,上海人的生活有滋有味——在保护与发展中,文脉传承了下来。历史的与现实的、民族的与舶来的,丝丝入扣地交织在一起,相互借鉴、渗透,演绎出新的精彩。

傍着历史的生活滋味

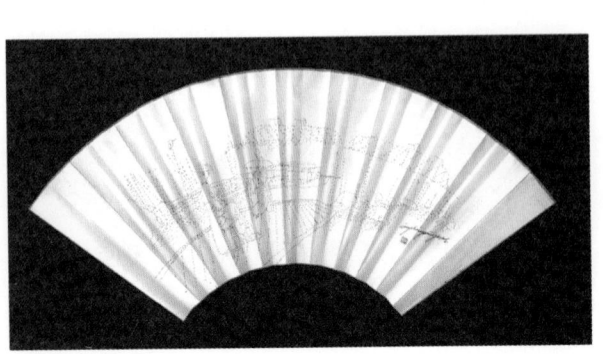

王向明 作

『不沉之船』之魅

穿过大堂的时候，我注意到两边的柱子上挂着几帧老照片：爱因斯坦、罗素、卓别林……都是从前光顾过这家饭店的世界级文化名人。

乘狭小的电梯，上得三楼的名人房区域。是一个维多利亚时期的回廊式中庭：因磨损而斑驳的地板踩上去微微颤动。阳光隔了挑高的大天窗，抚着红砖墙、灯柱、长椅、绿叶鲜花……埃德加·斯诺、英国爱丁堡公爵等很多VIP的照片，在墙上排开。19世纪和20世纪上半叶，这里可是世界各地的名人来上海时最钟爱的下榻地啊！玻璃柜里，还陈列着一份清政府签署于咸丰七年六月八日的地契,写明饭店所在的这块地年租每亩1500文共钱。原来,外白渡桥的前身韦尔斯桥于1856年建成,英国商人阿斯托豪夫·礼查在1857年的某一天漫步过桥,目睹渔民打鱼晒网的景象,便以极低廉的价格,永久性租赁下苏州河边这块22亩1分的荒地,造起东印度风格的二层砖木结构礼查饭店……

服务员拿着钥匙走过来,打开了304房间的门。门口的铭牌已经告示,这一间是爱因斯坦住过的。房间里的家具,沙发、茶几、床、梳妆台、写字台、电话、台灯……一应俱为当年的旧物。那张修了又修的大床,都有点歪了。"文革"中,这些宝贝因被藏匿于仓库而幸免于难。地板上有一处烫焦的痕迹,我问起,得到的回答竟是"爱因斯坦思考相对论,不小心烟斗掉下来,烫的"。多么美妙的合理想象!怪不得呢,1880元一夜的这个举世闻名的房间让各国的旅游者络绎不绝、争先恐后。

1922年岁末,爱因斯坦两次途经上海短暂停留,所到之处——他受宴请的"一品香"餐厅,他听昆曲的"小世界",他游赏的城隍庙、豫园和南京路,他借居的旅沪犹太人家,他讲演相对论的福州路17号公共租界工部局礼堂等等,今天或荡然无存,或面目全非;唯有他入住过的船形礼查饭店(当时已更名为 Astor House),还好好地泊在苏州河口,只

苏州河

施立华　作

不过又换了一个新名字——浦江饭店,而且几经重建、扩建,成了融新古典主义、巴洛克等多种风格于一体的六层豪华大楼。

所有这些辉煌,其实不过百余年的历史:1882年,中国第一盏电灯在这里亮起;同年,西方马戏团在这里首演;1894年,庆贺慈禧太后60寿辰的中国最早的交谊舞会在这里举行;1901年,中国第一部电话在这里接通;1908年,西方半有声露天电影在这里放映……然而,到了"文革",那么多的老家具和装饰毁于一旦。那些壁炉,也在1980年代的装修中被敲掉。1990年代的那次大修,把客房里古朴的浴缸和台灯全部换成了流行款式。直到多年以后,有位美国客人发现了一盏幸存的铸铁台灯,提出要以5000美元买下,人们才如梦方醒,悔之晚矣。

忽然想起,去年在斯洛文尼亚的海滨城市玫瑰港,看见一座正在装修的宾馆,外墙古色古香,听导游说"是12世纪造的",我在那一刻感受到巨大的震撼,惊在那里想:不知道在我的国家、在我的城市,有没有差不多古老的宾馆可以向外人夸耀的。

回过头来看浦江饭店。要不是衡山集团总裁吴怀祥的明智,她连140年都走不过呢!1995年,吴总走马上任,摆在他面前的是一份拆除浦江饭店、原址新建高星级饭店的方案。他没敢轻举妄动,而是成立了一个历史资料抢救小组。八个月的调研显示,作为中国第一家现代意义上的酒店,礼查饭店实质上是促进中外仁人志士交往的窗口,是上海走向世界的最初舞台。吴总说:"如果老饭店在我手中毁掉,我将成为历史的罪人!"结果,在那个盲目弃旧布新的年代,当苏州河边的很多老建筑惨遭厄运之际,衡山集团放弃了原计划,保留下这座老饭店,并逐步恢复其原貌。

在此过程中,还有个细节必须记录在案:"整旧如旧"的浦江饭店,面临国家旅游管理部门的星级评定。那原汁原味的穹顶、那包浆依稀的木地板,酒店里种种备受客人青睐的旧迹,却怎么也不可能让评定官的笔落在高分上。结果,中国最老的饭店只评上了"三星"。

当然,这丝毫没有影响到浦江饭店的贵族名声。苏州河口的这艘"不沉之船",斯诺笔下"最富有历史意义的旅馆",早已成了一种象征——象征着她背后的城市气质,开放的心理状态和深厚的文化底蕴。在中国,谁能找得出第二座这样的城市,早在一个半世纪前,就那么尊重科学、崇尚创新、兼收并蓄,那么自然而然地接受西方科学文化的交流、融合,那么开风气之先地享用发达国家传来的现代文明?

苏州河口"不沉之船"的魅力,在于提醒上海人:快速前行的当代生活,不应该成为我们健忘过去的借口。上海太需要史海钩沉——重温历史的馈赠,今天的生活会厚实得多。

陆志文 作

河畔人家怀旧

初夏时节,在"都市散文创作"笔会上,银行家潘读到两篇"心动苏州河",情绪激动地抒发起感想。我听出来了,并不是我的文字,而是苏州河本身,让他如此地动感情。因为,他和他的家人曾经紧贴着苏州河生活了十几年。他当然要比别的上海人更加眷恋我们的母亲河;或者,在我的想象中,对于母亲河,他当然要比我们更加爱恨交集。

"本家啊,什么时候跟你详细说说我家门口的苏州河。"他隔着长长的会议桌向我预告,以此结束了一场精彩的发言。

转眼入秋了。周末,在电话里,银行家开始怀旧:"30多年前,我结婚,小家就在苏州

河边,真正的开窗见河。我们在河的北面、南面都住过,从70年代一直住到80年代……"

他家所在的尊德里,位于浙江中路与南苏州路的转弯角子上,是建于1930年的新式里弄,在旧上海也算得上赫赫有名。

银行家没有显摆尊德里的高贵,却很下里巴人地说:"浙江路桥,是像外白渡桥一样的钢桥,俗称'老垃圾桥',因为附近有个垃圾码头……"我耳朵尖,听到电话那头还有一个和蔼的女声,显然是他太太在身边,情不自禁一起怀旧了。一对家住苏州河边的上海人,如数家珍般,一座座地列举苏州河上的桥——外白渡桥、乍浦路桥、四川路桥、河南路桥、老闸桥、浙江路桥、西藏路桥……"西藏路桥也叫'新垃圾桥'。"

附近有垃圾码头,浙江路桥北面桥堍还有一个粪码头,底下又流淌着黑稠的苏州河,想想都臭得没法过日子,是不是整天不敢开窗啊?"没那么严重。"银行家朗朗一笑道,"要看风向,刮北风的辰光是臭的,还有大热天落潮的辰光也是臭的……"

不知怎么的,伴着笑声,话锋一转,那个"臭"字就逸散得无影无踪了。剩下的时间,我几乎都在享受美好的童话。

"我们家二楼的阳台,正对着浙江路桥。那时候,两个小孩都还小,傍晚洗了澡,搬个

周加华 作

小凳子,坐到阳台上乘风凉,看苏州河上的'跳水表演',蛮精彩咯!"听着听着,我仿佛亲眼目睹了那一幕:黄昏时分,夕阳映在落地钢窗的玻璃上,小孩头发湿湿的,头颈里、手弯弯里扑了白白的痱子粉,清澈明亮的眼睛紧盯着桥上桥下,时而屏声息气,时而欢呼雀跃。比起桥旁边仰头观摩的路人,他们简直就是身处视角最佳包厢的贵宾了。"那些跳水的小孩,蛮勇敢的,还要有一定的经验,看看东西方向都没有来往的船,才可以起跳。他们身轻如燕,技巧高的还会在空中翻两只跟头!不亚于田亮、郭晶晶的跳水比赛咯!"当真不亚于田亮、郭晶晶的跳水比赛?那些长大了的小孩,该得意忘形了——居然有人替他们牢记着当年勇呢!

银行家是一位相当"把家"的上海男人。吃了晚饭,太太在家里洗洗涮涮,他就带着两个孩子去桥上乘凉,看看书、讲讲故事。那年头,上海人家的住房条件普遍很差,到桥上乘风凉的人可真多,躺椅、矮凳甚至门板都会搬过去,躺着、坐着、歪着、斜着,成为夏夜里沪上平民一景。伪贵族们嗤之以鼻,苦中作乐的人们偏还甘之如饴。"那时候苏州河旁边还是水泥柱子、铁链条,确实蛮风凉咯!后来,淤泥越积越多,河床越来越高,水位也越来越高了,才做了防汛墙,不好看了!"时不时地,他们还径自跑到泊在岸边的农家船上,买些水灵灵的西瓜、南瓜、老菱、蔬菜。"郊区的农民摇船,直接把这些东西运过来,又新鲜又便宜!"如此活色生香的小日子,直教人忘了由物质贫乏而生的忧愁和烦恼。

更何况,这家人住得还不错。那个阳台,好像是在女主人的提醒下,又回到了银行家的嘴边,"我们的阳台啊,栏杆是铁的,这铁栏杆上还有弹孔呢,墙面上也有,那是解放上海时留下的痕迹,河南路桥北面战斗激烈……"毛主席名句"当年鏖战急,弹洞前村壁",写的就是那景象吧。

后来,在银行家工作单位所在的黄浦江对岸的热土上,他们拥有了一个宽敞的新家。但年迈的岳父依然守着苏州河畔的老房子,他们便有了常常怀旧的由头。"河水清了,粪码头拆了,对面从前的平房变成了高价景观房……"听这口气,几分陶然夹杂着几分怅然。

退居二线的银行家,还有一个身份是作家。他出过好多本书,目前在本城的晚报上开专栏,题材与他的本职工作密不可分:股市随笔。"休息一歇,我就要去写下个礼拜的稿子了。"他说。

在整个通话过程中,他太太的"和声"都隐约可辨。

我忽然产生了一个错觉:电话那头的这

一家子,分明还住在苏州河畔,推窗见河,是变清了的河,秋风裹挟着糖炒栗子的香气微微飘过来……

哎,岁月静好,寻常上海人家的光阴,便是这样子糯糯的,让人舒坦着放松着咀嚼着回味着感怀着。谁说非得"面朝大海",才有"春暖花开"呢!

李京南 作

壹号码头

"苏州河边的梦清园,去过吗?"朋友是带着些许欢喜问的。

我心里纳闷:这朋友平日里趣味古雅,怎么会觉得梦清园好呢?周边是平民气息的中远两湾城,房子紧巴巴地贴着河岸,都恨不得造到水里去了,还拼命向天空要面积,离地气越来越远;可造个园子,却弄得不食人间烟火似的,大而无当的空间,处处是雕饰的痕迹,还配有人造的雾气,反差忒大了!我横看竖看,就看到一个做作。

"展示馆后面的那座旧建筑,看见吗?"朋友又问。

展示馆后面有旧建筑?我怎么没发现?这才明白,朋友欢喜的是一座被抢救下来的遗

址,现名"壹号码头"。

叫出租车,说了目的地。司机想了想,没反应过来,"一号码头?真的是在宜昌路上吗?市中心怎么会冒出来一个……码头?"好在有确切门牌号,五分钟后就找到了。

就是梦清园,但从另一扇门进去,竟别有一番观感。我看见一个荷塘,夏季过去了,残荷自有残荷的美。水中有鱼在嬉戏,上次来就听说梦清园的水是从苏州河引进来的,鱼也不是寻常之鱼,而是养殖的生态鱼。隔水相望,我相信对面那幢白色的ART DECO老房子便是传说中神秘的壹号码头。走过弯弯曲曲的木桥,到了门前,果然有块小牌子上书PIER ONE,壹号码头会所。

推门进去,没有让人晕眩的金碧辉煌,而是一种极简主义的奢华。在白色的主调衬托之下,几何形状的装饰结构随处可见。这种1930年代活跃于上海主流社会的ART DECO建筑风格,今天已属稀有元素,置身其间让人恍惚有时光倒流之感。简与奢,原是一对反义词啊,却被调和得天衣无缝,成就了一份不事张扬的骨子里的高贵。在欧洲,就有很多充满故事的老建筑,被改造成这样的精品酒店(Boutique Hotel)。

我不禁要打听:这么好的老建筑,是怎样幸存到今天的呢?

王小鹰 作

陪同参观的 Roger 很年轻，对苏州河畔的历史，却比我之前遇到的一些中年上海人有感觉得多。他讲起了故事：几年前，为了整治苏州河，这一带动迁了大批的居民，拆了旧房、建新房、造绿地，这一幢也已被拆得七零八落。所幸，建筑专家阮仪三偶尔途经此地，发现了这么个"大隐隐于市"的宝——无论从天际线、建筑风格还是整体布局、内部结构看，都堪称佳作；最有价值的是，这座建于1932年的原挪威斯脱维亚啤酒厂厂房，是国际饭店、和平饭店、上海大厦的设计者邬达克(L.E. Hudec)为上海设计的唯一厂房。这位ART DECO风格在上海的代表人物当年就声称，这厂房即使过 80、100 年都不会过时的。事实证明，此言绝非夸张——装饰主义融合了本地元素造就的这幢建筑，虽然被蒙在岁月的尘埃里，但仍以 Shanghai DECO 的优雅，吸引着懂行者的眼球。阮仪三于是大声疾呼：拆不得！市领导听了，希望专家能够证明保留、改建方案的可行。同济大学的教授们赶出了好几套方案，终于说服决策者。

当年，这里是啤酒厂的酿造车间，有天桥与旁边的罐装车间相连，包装好了的啤酒再通过苏州河、黄浦江，运往外面的世界。一个由酿造车间改造的精品酒店，是不是很有趣？

我们在一楼、二楼、三楼之间上上下下，

品赏着一个个的细节中,经过百年沉淀的旧符号如何被新材料拥抱,再次散发魅力:通向天空的旧烟囱,中间被隔出一间剔透的包房来,我想象着坐在里面享用晚餐时,桌上的烛光透过玻璃顶,跟天上的星光相呼应;在复式客房里住过一夜的Roger,指着楼上床前直通楼下的长窗回味:"那天早上,我醒来,正好看见一艘船从这里开过去……"

最有趣的是,为了保护建筑的原结构,24间客房都依势而造,所以每一间都是独一无二的。有一间,走进去就感觉地面是倾斜的,好像走着走着就会走到落地窗外的苏州河里去。不远处,是一片原生态的芦苇,我隐约听到入夜后青蛙们此起彼伏的欢唱了;Roger又在回味:"那个葡萄架,年产300多斤葡萄呢,很甜的!"

1930年代式样的酒吧,是面河的阳光房,怀旧的彩色玻璃、斜拼木地板,灯光昏黄,极有情调。可是白天观河景,偏偏撞见对面矗立的水泥森林,叫人喘不过气来,我不喜欢。Roger却小资兮兮地描绘:"等到晚上就不一样了,特别是下雨天……"是啊,夜幕是个好道具,把不雅的遗憾的物事一律屏蔽了,留下朦朦胧胧的一片美,取悦你,让你的身心放松了,浸在舒适里。可是,黑夜过去之后,不雅还是不雅,遗憾还是遗憾,新造的高层谁又能拿它们怎么样!

非常佩服经营者的魄力。为了这幢老建筑的新生,光设计师就换过八个国际团队,结果是汲取了八份方案的精华。非常可惜的是,这一回,有此等魄力的依然不是上海本土的开发有识之士。

李文连 作

他从远方来

苏州河畔的苏河艺术中心，最近入了 Lonely Planet 的法眼。

Lonely Planet 可不是等闲之物。作为世界最好的旅游杂志，创办 35 年来，它一直致力于在世界范围内发掘精彩的去处。今后，在上海，背包族就多了一个叫 Creek Art 的目的地，因为"苏河"，更多的外国游客将认识上海的母亲河。

Simon 为此而自豪。因为，苏河是他一手培育起来的艺术寻梦园。

那天，临窗而坐，望着苏州河在下面缓缓流过，我们聊起上海这个码头。Simon 说，上

海能够接受很多不同的新东西,所以外来者有发挥的空间。他举"星巴克"为例,"同样是开放城市,星巴克在深圳没一家火的,在杭州去的人也很少,到了上海却每一家都坐得满满的。"所以,他发现,不管是外国人还是外地人,都特别喜欢这个城市。

1954年出生的Simon,是从贫困中国走出去的,赤手空拳闯天下,到1980年代已跻身于挪威百富。他回来,目的很纯粹:让孩子学地道的中文;自己则"停一停,想想将来到底要做什么"。

可是,喜欢做事的Simon哪里闲得下来。况且,他有一位艺术家太太Lise。Lise是挪威人,到上海学了两个月中文后,就在M50租下工作室搞创作。Simon经常跟她去工作室玩。那是三年前,M50聚集了一批年轻的穷艺术家,大家在一起叹息:官方的美术馆租金太贵了,年轻人的作品到哪里去展览?Simon来了激情,"没关系,我们自己找个地方玩!"于是,夫妇俩沿着苏州河,一路找寻废弃的老厂房。原来不过是想有一个很小的空间,展示大家的作品,没想看到一幢建于1912年的六层楼石库门房子,竟是从前荣氏家族福新面粉厂的旧址!Simon的眼睛都发直了,哪里舍得错过啊!他以昂贵的租金,租下了整幢房子。

黄阿忠 作

接下来的三个月里，在灰尘漫天、破破烂烂的厂房里，夫妇俩一个当总指挥、一个负责设计，与工人们一起装修、分享盒饭，而年轻艺术家们也无偿地跑来帮忙。热爱艺术的心共振着、憧憬着……

2005年1月18日，"苏河艺术中心"隆重揭幕。"20位总领事到场，还有中国政要、各界名流，来了1000多人，晚到的要在外面排队进场……"Simon说，"证明这个地方有存在的价值嘛！"

苏河诞生以来这三年，正是中国当代艺术开始发展的时间。当初聚集在周围的那批年轻艺术家，一个个谈起钱来；而商人Simon，却还沉浸在纯粹的艺术里，对外面世界的变化不知不觉。道不同不相为谋吧，渐渐地，团队也就星散了。苏河开张七个月后，又因消防问题与房东打了一年半的官司。许多事情，都超出了守法投资者能够控制的范围。"我很幼稚。但做人幼稚点应该是好事吧，太理智不好。"Simon这样检讨着，简直让人怀疑他会做生意。

Simon年少时就去了挪威，靠在餐馆打工积攒的钱开了自己的餐馆，赚得"第一桶金"，然后做房产投资，继而又做风险投资，使财富急剧增值。现在，他的生意一半在挪威，一半在中国。他在珠海、杭州、北京、海南都有企业，那些企业每年帮他挣几个亿的利润。可他的时间，只有30%花在到处走走、看看这些赚钱的事情上，剩下的70%花在不赚钱的苏河，"因为出发点是热爱艺术，所以我做苏河比做任何事业都用心、用力。"

以学术展示为主、兼营艺术品的苏河，有一个雄心勃勃的口号：打造上海的"老天地"。其实在开幕式上，Simon已道出"中国当代艺术平民化"的理想。他看重苏河周边的平民区，"你在金茂、外滩、新天地看到的东西，在世界别的地方也能看到。而这里，很中国、很上海，是历史的一部分，有草根文化的气味，城市需要保留这样的东西，你才会知道她是怎么发展而来的。"现在的艺术市场基本上还是外国人说了算，Simon希望打破这个局面，"也许，在今后的几年内，苏河能为国内艺术市场设立一个新的标准。"

苏河刚刚获得上海世博局的授权，独家负责拓展中国与北欧的文化艺术交流。艺术家Lise因此不再单纯为自己的作品而忙。在苏河这个平台上，她展开了世界性的文化交流：引领外国机构的参观者走进工作室，了解艺术家，把中国优秀的当代艺术推向国外，把国外特别是北欧优秀的当代艺术带进中国。

入夜，在苏河西餐馆的烛光中，夫妇俩看到了苏河成为一个当代艺术品牌、一个世界级的艺术文化创意区的明天……

他从远方来,他们从远方来。每天每天,都有满怀抱负的外来者进入这个城市。多少年来,上海就是这样,吸取了无数外来者的智慧,凝结了无数外来者的汗水,海纳百川,汇聚成这样一个生机勃勃的大都会。

施元亮 作

乐大豆的幸福生活

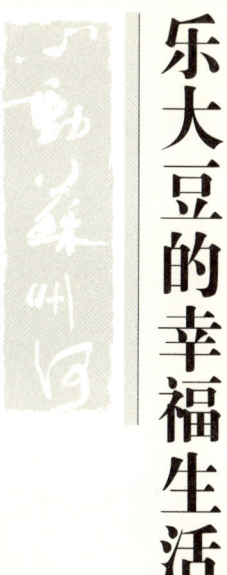

多年前,在一个法国艺术展览酒会上,认识一位意大利人,就是他策划法国艺术家来上海办展的。那天,他没带名片,拿了支水笔,飞快地写下"乐大豆"三个字及电话号码。接过手写名片,我暗笑:中国人可不会起这么滑稽的大名。

没想到,这意大利人如今也在苏州河边扎根了。上海比翼艺术中心,乐大豆创立的"非盈利独立艺术空间",隐在老厂房的楼上。对当代艺术颇有研究的朋友告诉我,作为先驱者,"比翼"在中国当代艺术史上绝对会留

下痕迹。大豆自己介绍:"我创立了'艺术空间'的概念,让艺术家在这里不受控制地试验新鲜的东西,用个性化的作品感染上海……"

我去叩访"比翼"。推门进去,闻到咖啡和茶交融的香味,轻击键盘的声音有一种"蝉鸣林更静"的效果,里面的人步履轻盈、神色恬淡,我立刻被这氛围吸引。

乐大豆迎上来,递名片。这才知道,他叫Davide Quadrio。问中文名字的出处,他竟回答:"我在意大利的外号,翻译过来的意思就是'大豆'。"那么这个"乐",便是快乐吧?他又解释"比翼":"'比翼双飞'的'比翼',一个理想主义的名字。英语 Biz Art,biz 是商业,art 是艺术,bizart 在法语中又有'奇怪'的意思。""比翼"人的名片,格式统一,小巧又简洁,只印姓名、不见头衔,给我的感觉像一个开明和谐的大家庭,不论年龄长幼、地位高低。"我正是想营造一个家呀!"大豆说,"十几个同事聚在这里,做自己喜欢的有趣的事,多幸福!"他的部下,有中国人,有外籍华人,有外国人,"大豆"、"大豆"地喊他,完全不像通常所见的老板与员工。

大豆出生于佛罗伦萨附近一个小小的古镇,毕业于威尼斯大学中文系,专攻亚洲美术史。1990年代初,他到中国美术学院进修,曾有一年多时间在青海、甘肃交界处做藏传佛

王劼音 作

教建筑研究。毕业后，他就来了中国，先是为意大利一所大学在京沪两地做社会问题调研，1997年开始定居上海，自己经营艺术，特别是抽象艺术方面的项目。次年，"比翼"诞生。2003年，"比翼"与同样有着外资背景、同样著名的"香格纳"、"东廊"聚集到苏州河畔。这么多年来，"比翼"先后为徐震、杨福东、杨振忠、郑国谷等30余位艺术家举办展览，通过项目长期投资一批艺术家，在亚太地区与许多相似的艺术机构建立起合作交流网络。

1990年代末，有多少"非盈利独立艺术空间"在北京、上海、广州等地兴起，2001年更是风行一时，到今年大多已改弦易辙。可"比翼"却越飞越高，2007年的项目包括展览、工作室+居留项目（为外国艺术家来沪创作提供食宿与创作条件，也资助国内艺术家到国外居留创作）、支持艺术家的艺术品制作以及讲座+教育+研讨会、信息中心和文献、网络论坛六大块，每一个月都有不同的活动，诸如艺术家个展、群展以及国内外艺术交流和艺术教育活动。

"商业"与"艺术"是怎样比翼双飞的呢？或者按我直白的提问，比翼"非盈利独立"的钱从何而来？

乐大豆的办法是，靠设计、艺术服务等商业活动所得的收入，来贴补完全"非盈利"的艺术活动，"不是买卖艺术品，而是做些与公共艺术、公益有关的项目。"今年,全力支持"比翼"的基金会 Art Hub 在香港正式启动,"比翼"就更有资本独立了。

最近一次艺术服务,给他带来不小的成就感:"比翼"为上海市中心的莱福士广场推荐一名意大利艺术家来设计作品,他花了一年半时间才说服决策者相信他的眼光。此时,"夏奈尔"向外界宣布,明年将邀请 15 名顶尖艺术家合作做一个 Mobile Art,"我为莱福士挑的那位,也在他们的名单中!"10 年前,在上海谁会相信,一个机构可以这样,不做买卖、单靠创意赚钱?

说起苏州河仓库,大豆比很多上海人还怜惜,"我很高兴这样的一个空间被保护下来,但这不算苏州河边最好的仓库,最好的早已消失了。万航渡路那边有个日本人造的仓库,木结构的,最近也被拆了,太遗憾了!这是上海历史很重要的一部分呀!"

遗憾归遗憾,大豆对自己在苏州河畔的生活非常满意。除了"比翼"的公关、策划,他并不整天陷在具体事务里,而腾出时间写艺术批评、到大学讲课、用母语作诗,为画廊、收藏家乃至荷兰政府、瑞士政府做咨询。他近四年来在飞机上写下的文字,在翻译成中英文后将出版。他的小日子也过得相当有质量:有家有妻有女,日出而作、日落而息,尽享天伦。

到明年春暖花开的季节,"比翼"就满 10 周年了。也就是说,乐大豆在上海的幸福生活即将步入第十个年头。愿他在这个他深爱的城市,继续幸福。

程多多 作

坐在阳台上画外白渡桥

听说当年钱瘦铁先生的寓所,推开窗就是苏州河。他留下的画册里,倒真有不少外白渡桥。我寻到钱先生的学生陆康,求证大画家怎样坐在阳台上画外白渡桥。

讲起黄浦路5号的钱宅,60出头的陆康好像回到了16岁。"玻璃窗碎了,换不起新的,先生就用一张张画去糊。可能他认为那些画都是画坏的,不要的;但我看到这里糊一只老鹰、那里糊一只猫,邪气灵邪气灵咯,放嘞今朝值铜钿咯!"

正是风雨欲来时,画家们已不大敢接待客人了。但陆康忽然想学篆刻,祖父就给钱先生写了一封信,让孙儿拿去上门拜师。祖父陆澹安是中国近代国学家、"南社巨子",这个面子钱先生还是要给的。于是,他就进入钱家日本式的房子,上了楼,推开落地长玻璃窗,来到先生当书房的室内阳台。"落地窗的把手是鸭蛋形的,插销从上到下一通到底。"那手感,简直像是昨天的。阳台窗外,正是苏州河,看得到对面的苏联领事馆。"画册当中的外白渡桥,实际上就是在这书房里画的。"

先生指定的启蒙书是《十钟山房印举》,关照他由汉印中平实一路的着手学。他看先生一直在写37首毛泽东诗词,行、草、隶、篆不定,写隶书、篆书也从来不打格子,没有规矩,散散漫漫的,叫做"草隶"、"草篆"。先生的嘴唇上经常印着两点墨迹,"你能相信吗?他的毛笔从来不洗,要画了就用牙齿咬,咬成怎么样的就怎么画。所以,他的线条都是硬邦邦的,分叉辣手辣脚……"

陆康记得当时还有一个50岁的学生。先生说:"人到了50岁,我已经不好意思讲他的缺点了。你年纪还小,我还可以讲。"多少年后,他也到了难以长进的尴尬年龄,愈发怀念临河的书房里,先生拿着铅笔在他的作业上横批竖改的日子,还有先生的教导——要从平实着手,然后放开来,再回到平实,如此三

肖 谷 作

进三出,一个人才可能有大的成功。他发现,许多人在第一轮就输掉了,原因有意识上的,也有能力、技巧上的。

史书上说,钱瘦铁救过郭沫若。提到这事,陆康想起来,郭的前妻安娜每到上海,为了方便探望钱先生,总是住在上海大厦的。

在上海,与苏州河有关系的前辈画家太多了。

来楚生先生有一方自用印曰"后归仁里民"。跟来先生习字30年的张运博,考证出了这方章的由来:抗战爆发后,来先生举家迁来上海,定居于康定东路3弄8号,那条弄堂名"归仁里"。有趣的是,吴昌硕先生在沪时亦居于归仁里,刻有"归仁里民"一印。但那个归仁里在闸北区,与康定东路的归仁里隔苏州河而遥遥相望。来先生曾说:"我和吴昌硕,隔了苏州河,一前一后住在归仁里。"遂自称"后归仁里民"。

日本人占领上海后,在苏州河桥及重要关口都派兵把守,强迫老百姓过关时向他们鞠躬。生性倔强的画家凌虚因拒不服从而受袭,义愤填膺之下作画《卖油炸桧者》,吴藻雪、郑午昌、白蕉、邓散木、唐云等十余沪上知名人士争相在画上题咏,抒发强烈共鸣。

唐云年轻时就是摇着一只小船,从杭州到上海,在苏州河畔上得码头,住在天潼路河

南路的吉祥寺。吉祥寺住持若瓢和尚，还俗后叫林若瓢，与书画家们过从甚密。他本人便是画竹高手，画兰仅次于白蕉。传说中，唐云先生后来红了，忙得没空作画，只有若瓢能够把他捉回到画案前。

诗书画印俱佳的白蕉先生，当年也住在天潼路河南路口。1949年5月24日深夜，中国人民解放军自上海西南直插市区，苏州河以南解放。25日清晨，彻夜未眠的白蕉目睹解放军队伍的雄姿，心潮起伏，展纸磨墨，挥笔立就七律《新纪元卅八年五月廿五日上海解放凌晨观解放军行列一首》：

揩眼相看此日新，阳乌潜曜始如春。精神为发宵无睡，城郭能知世有人。

静后惊雷犹隐隐，行中战马亦振振。未哀十载流离了，终惜百年陇亩身。

而高式熊先生儿时记忆里"闹猛头势不谈"的苏州河，是这样的："铁行进货出货全在河边，码头上挤满了船的景象现在好像还在眼前。"铁行，就是当时有名的可炽铁行，在北苏州路上，二摆渡桥边第一、二间门面，西面是乍浦路，南面是光陆大戏院。1930年，铁行陈老板聘前清翰林高振霄做家庭教师，10岁的高式熊就跟着父亲住在铁行楼上。父亲上午教陈家的四个儿子，下午教自己儿子写字、读书，礼拜六父子俩回家住。这样过了一年左右，"一·二八"打仗了，家庭教师不做了，才离开苏州河。

　　还有文字记下"文革"中苏州河边叫人痛惜的一幕：一位 84 岁的老人把毕生积累的明、清大书法家真迹和自己的作品，撕成碎片，在洗脚盆里泡成纸浆，再捏成纸团，放进菜篮，让儿子在夜深人静时拎出家门，倒进苏州河。长者精疲力竭，老泪纵横。谁会相信，他就是名满天下的书法家、中央文史馆副馆长沈尹默！

王震坤　作

名记者的苏州河情结

少年郑重对上海最初的想象,就与苏州河有关:读茅盾的小说《子夜》,读到老太爷坐车过外白渡桥,看着底下的河水,心里默诵着《太上感应篇》……"外地人一说起上海,一个是城隍庙,一个就是苏州河了。"

1956年,郑重从安徽农村考入复旦大学新闻系,报了到,放下行李,第一件事就是奔去看外滩,看苏州河,看黄浦江。"站在外白渡桥下面看苏州河,那时候水还没变黑呢,乍浦路桥的桥墩真漂亮啊!"那时候他会不会想到,从此将与苏州河相伴一辈子?

今天,73岁的郑重再提苏州河,虽然乡音

未改,但浓浓的情结与一般老上海毫无二致。

当年的复旦,在江湾走马塘。周围都是水流清清的小河,据说一条条都通往苏州河。江湾,即是吴淞江(苏州河古称)的湾。实习时,郑重去苏州河畔的一个工厂采访,看见了苏州河与上海人家的日常生活是如何的密切相关——住在附近的人们,下台阶到河边洗东西,走木桥或乘摆渡船往返于河的南边和北边。最远,他到过北新泾段的苏州河。

从复旦毕业后,他进文汇报社当记者。多少个工作日的午后黄昏,写稿子累了,他喜欢把目光移到窗外的苏州河上,追踪来来往往的小木船,夏天里欣赏河南路桥、乍浦路桥上跳水者矫健的身影,还幻想自己就和那些年轻人一起在河里嬉戏、畅游……天长日久,他有点找着做上海人的感觉了。

当时从复旦调去文汇报当副总编的陆灏,每天由五角场乘电车至乍浦路桥附近下,然后过桥走到报社。好几次,郑重遇见他站在桥头,凝视桥下已经不大清澈的河水。好奇心使得青年记者上前"采访"老总。这一"采访",竟获得了一条"独家新闻":老总出身渔民家庭,小时候就是在苏州河里摸鱼捉虾玩大的。而今人到中年,他在苏州河上感慨,大约是怀旧了吧。

郑重与苏州河关系密切起来,是改革开

081

汪观清　作

放以后的事。1980年代前期,他采访苏州河治污,"盯了很长一段时间"。陪同采访的专家跟他讲了很多真话,比如"文革"期间,已开始改良上海水质,酝酿治理苏州河污染,打算搬迁沿岸的造纸厂、化工厂,曾经为应付检查以自来水冒充清污后的河水,这种弄虚作假的风气延续下来……

他每天的工作,变成了沿着苏州河跑,去看河边的蓄水池,一个一个地看,过了越江隧道,一直看到高桥的大蓄水池。他看得心急如焚:为保证主流的水质,支流被堵了起来,无法流动的支流都变臭了;沿岸有造纸厂、化工厂没搬走,污染源还在;一些工厂不愿增加成本,有污水处理设备也不用,谎称已处理,把污水直接排入苏州河,遇到上级来检查索性关闭排放口;好多蓄水池已废弃,根本起不到清污的作用,可是要向"五一"、国庆献礼了,水弄不清怎么办?照例把自来水掺进去,蒙混过关。"未达标的水往长江或东海里一排,自我稀释也有个度啊,排多了,再大的江、海还不污染了?!"

回到报社,他奋笔疾书,把几个月深入采访了解到的情况一一记录在案,并向有关部门提出:工厂不搬,永远有污水;大海里放入过量的污水,会造成近海污染;环保人员待遇低下,亟待改善;专家的一些合理化建议,应该引起重视,择善而从。在文中,他隐隐约约表达了当时的治理是治标不治本的意思。报道写了洋洋万言。可是,由于写得太实事求是了,或者说反映了一些阴暗面,小样送审后,有关领导不签字,稿子因此不能见报。几个月的辛苦,就这样白费了!

万言通讯的原稿,还在吗?"原稿送排字房发排,再送校对组校对,两三年后当废纸处理掉。"这位沪上名记者始终认为,记者的原稿没什么保留价值,不像作家"写一个小纸头都珍贵得不得了"。他的报告文学结集出版时,后辈同事、作家陈可雄作序坦言,郑重没能发表的东西比发表的有价值。

苏州河是写出来没能发表的,还有很多采访了最终没写的。"我经常采访半天后,觉得某个题目不能写,一定要写难免虚假,想想算了,就不写了。"他说,并不是每一次采访都能写稿、发表的,这叫"有所为,有所不为","既然做到了高级记者的分上,就别掉价,不能随便写个小稿子混混,一定要为人民说话!"在文汇报,"本报记者郑重"以写有影响的长篇报道著称。他把那一代人那么多年的努力,看作是为党工作,因为当年若不是靠着助学金、公费医疗、衣物补助等等,他这样穷人家的孩子怎么读得起大学!"当时不兴宣传,也没说要感恩,我们心理上没压力,但始终对党感恩戴德……"

一段一段印下足迹的苏州河，嵌入了名记者的生命。他殷殷叮嘱后辈："对于前人，我们太容易忘记了！谁还记得最早的参与苏州河治理者？去写写那些已经退休的人们吧，不管当年成功不成功。"

杨秉辉 作

赛龙舟

2000年春夏之交,我客居波士顿,美国最古老的城市。我喜欢那个几乎没什么高楼的地方,喜欢在查尔斯河畔的习习暖风或绵绵细雨里散步。可是有一天,查尔斯河往日的宁静被一场龙舟赛打破了——

那天的向导,是朋友蔡和他的妻儿。蔡是早年复旦的高材生,留美拿了学位便在彼国安家立业,忽忽十余年。我们去的时候,这对上海人正害着严重的思乡病,一到周末就呼朋唤友搞party,狂说上海话,打听上海的种种细枝末节……我怀疑,若不是朋友夫妇"病入膏肓",我们是否还有缘见识查尔斯河的另一番风景;我确信,异国他乡的龙舟赛恰是慰藉

中国游子的一帖爽口良药。

话说波城端午节的午后，好几支龙舟队已生龙活虎地聚在河边，蓄势待发。我们两家六个中国人，脸色泛红、目光发亮，一头扎进了拖家带口的"老美"堆里。有一支龙舟队，明黄色的队服上缀着大大的"香港"两字，直把我等看得"老乡见老乡，两眼泪汪汪"。旁边扯起了横幅，原来是香港贸易发展局资助的龙舟赛。香港人竟然跨洋过海，把龙舟赛资助到美国东海岸来了！据说，这样的龙舟赛已成为波城的传统，而那一天正是 Boston Dragon Boat Event（波士顿龙舟节）。

真不明白：我们中国的龙舟啊端午节的，与美国人有什么关系？怎么就成人家的传统节日了呢？问了身边的几位中美看客，终不得其解。

带着疑惑回到上海，我盼望着。

很快，到了第二年秋天，这个城市有史以来首次在苏州河上举办了一场龙舟赛。

上海和江苏无锡、宜兴的8支龙舟队被吸引而来。也是午后，清脆的发令枪声刚落，蓝衣或黄衣的桡手们齐声呐喊、合力划桨，两艘龙舟"嗖"、"嗖"如离弦之箭，划破平静的水面，向前飞驶而去；两岸好奇的观众，聚了上万名吧，欢呼声汇成了喧腾的海洋……流经上海市区的苏州河全长23.8公里，那次比赛

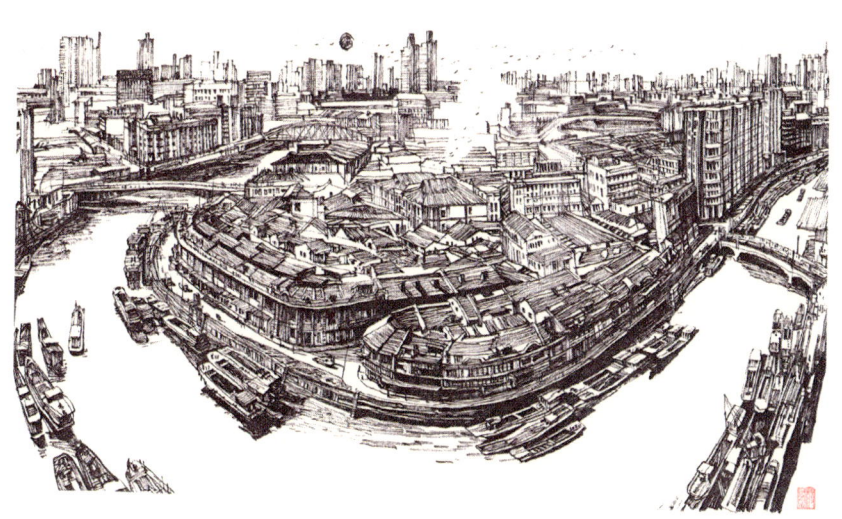

杨宏富 作

设了250米和500米两个赛程。

第二天的新闻报道说，黑臭了80年之久的苏州河开始返清了，原先毫无生气的河里又出现了多种水生动物，关注这条河一点一滴变化的市民还惊喜地在里面发现了鱼！唉，我只顾观赛了，没注意到水里有水生动物和鱼什么的。但至少，水质从滞重到轻盈分明是感觉得到的，肮脏的河里怎么可能划得动龙舟呢？

水质越来越好的苏州河干流，迎来了一场又一场的龙舟赛，上海人渐渐习以为常。

2006年秋天，一年一度的苏州河龙舟赛按期举行。我注意到，上海市把苏州河上赛龙舟列为"景观体育"的重要赛事了，赛道延长到了800米，参与者也扩展到美国、港澳台等国家和地区。

今年春上，苏州河上的龙舟赛重又开战：江宁路桥至昌化路桥水域的苏州河面上，500余名参赛队员组成的36支龙舟队，在一场豪雨中，挥桨激浪，奋勇争先。台湾也派出了两支大学生龙舟队来参赛。2007年上海苏州河城市龙舟邀请赛暨海峡两岸及港澳地区大学生龙舟赛，拉开了本城名校同济大学百年校庆的序幕。依然有大批的市民穿着雨衣、打着伞，专注地观赏雨中酣战……

古书上记载："五月五日，谓之浴兰节。

……是日,竞渡,竞采杂药。"因选在农历五月五这天竞渡,故又称"端午竞渡"、"端阳竞渡"。据上海史研究者薛理勇先生考证,早期上海县城的竞渡都在黄浦江上,近代以后黄浦江航运日趋繁忙,轮船螺旋桨掀起的浪头足以掀翻百米外的小舟,端阳竞渡因此被取消。实在想玩的人,只能到苏州河入黄浦江口的外白渡桥下过过小瘾了。终于,有侨民喊出了"到苏州河去划船"。

这些年开发苏州河沿岸功能,有人想出一个"新的增长点":造划艇码头,建划艇俱乐部。殊不知,早在1843年11月17日上海开埠后,西方的划艇就随侨民舶来了。1849年,侨民向泊在黄浦江上的外轮借了几条救生艇,举行了一次划船比赛,此事被当作重要新闻列入上海运动史册。1860年,侨民就在上海成立了划船俱乐部,不定期地利用黄浦江、苏州河航运空闲时训练或自娱自乐。1878年10月26日的《申报》,登了一条苏州河将举行秋季划船比赛的消息,同时公告苏州河暂时停航:"自午刻起,新闻西首大王庙至曹家渡,凡遇商船进出,至期一律停驶。"《点石斋画报》也曾绘苏州河"西人赛船"图,配文:"西人于春秋佳日例行赛船之举,设重金为孤注,分先后为胜负。"苏州河有赛船的历史,竟然可以上溯一个半世纪还不止!

俱往矣。今天,乘船沿苏州河而行,一路

上，已有新设计的游艇码头虚席以待。明天，中国人的游艇将成为一道新的风景线，我已经听到中国人的喜悦在苏河的水波里荡漾了。

彭鸣亮 作

慎余里来信

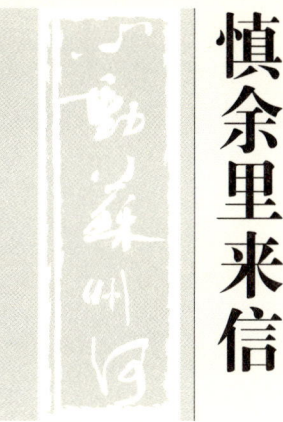

　　用电脑十余年了吧,上网也快十年了,我有多久不曾收到手写的书信了?"心动苏州河"专栏写作过程中,也不时有读者来信,但之前都是电子邮件、手机短信,言简意赅,只是没有个性化的笔迹,无从读出字里行间更多的心绪。

　　刚写完第15篇,忽然一封纸质信飘然而至,落款后面的地址是北苏州路慎余里。信纸是从32开硬面抄里撕下来的,密密麻麻写了整整四页。作者是一位幼儿园退休女教师,姓凌。她说读了前14篇苏州河,感觉写得很真实,就想跟我讲讲苏州河边弄堂里的故

事。"我住慎余里有70年历史。抗日战争爆发,从南市区炮火连天中逃难出来,那时我9岁……"

读着信,我的眼前放起了《城南旧事》电影:睁着无邪大眼睛的小英子与童年的凌交叉着、重叠着,北京的四合院与上海的石库门交叉着、重叠着……我好奇地拨通了留在地址旁边的电话,里面传来并不苍老的清亮的女声。正是独居的凌老师。我问着信里写到的或没写到的种种,她絮絮叨叨翻来覆去地答着。一问一答间,前尘往事鲜活了起来——

凌跟着父母逃难到英租界,南市是回不去了,一家人东寻西找就进了慎余里。"感觉弄堂蛮宽敞蛮清洁蛮幽静的,可能因为当时住家少吧。"正是夏天,有小孩带了小矮凳在弄堂里乘凉,是太平盛世的光景。于是,一家人就租了房子,付了几个月的房钿,住下来。兄妹几个到附近开封路上的南洋女子中学读书,哥哥进南洋中学读高中,后来就考进交大了。弄堂里多数人家的小孩都在那所学校读书,好像搬到弄堂里来的住家也一点点多起来,小朋友越玩越多了。

四上四下的石库门房子,两家中间隔着低低的围墙,彼此守望相助。凌和几个小孩"盯梢"过一位陈姐姐,"伊比我阿姐低一班,考进沪江大学。伊时常到隔壁的姑妈家

杨正新 作

玩……"陈姐姐与邻居孙哥哥谈笑风生，一帮小孩子就传他俩"轧朋友"。谁想到，解放后公开了，方知孙哥哥是地下党，陈姐姐是他发展的新生力量呢！更想不到，陈姐姐当上新光内衣厂厂长，婚后生了个儿子，日子过得蛮好，"文革"一来却被关押审查，不堪折磨，竟至吊死在厕所里！

"文革"中，弄堂里天天开批斗会，因为邻居中有不少从前是开钱庄、银行或做期货的，也不乏大老板。前弄堂就住了华成烟草公司的老板，华成公司生产大名鼎鼎的"美丽"牌、"金鼠"牌香烟，老板太太三日两头跑到凌家楼下搓麻将。不久，家也被抄了，抄家的人不知哪来的灵感，从晒台爬上屋顶，翻开瓦片，下面居然藏着金条！房子自然是分给很多人家住了，老板的孙女在仅剩的一小间里蜗居至今。

中国经济学名宿薛暮桥，是从这条弄堂里走出去的。薛家是一大家子，住着一幢房子。薛老从北京汇来生活费，也回家探望老母亲。他在北京过百岁生日，上海的侄女等还前去贺寿。弄堂里称"薛伯伯"的他兄弟，也活了百岁。这一家还是"五好家庭"呢！

前上海市委副书记、现公安部部长孟建柱，老家也在这里。被大家昵称为"阿五头"的孟，从小读书用功，"文革"还泡在图书馆里，后来去了前卫农场。有一年夏天，他带领那里的瓜农,开来一卡车西瓜,弄堂里的居民都去买……

晚辈陆陆续续搬离了石库门,可老人们舍不得走啊!六年前传出这一片要拆迁的消息,户口被冻结了。老邻居碰头,说来说去就是拆不拆的话题。凌老师让儿子替她拍了不少的照片,站在老房子前门,连门牌号码一道拍进去。"介漂亮的弄堂,照片上看起来,勿比愚园路的房子差嘛!"她一个人住着前厢房、中厢房40多平方米的两间,虽然每月房钿60多元,比别人家贵,但"每天太阳从早上晒到下午2点,冬暖夏凉的地板房,住惯了"。小小的遗憾是,在十几年前唯一的一次大修中,大门上漂亮的砖墙被偷工减料修低了,门口漂亮的地砖也被撬掉而代之以水泥地了。

已经出道的"80后"孙子,回来看奶奶时,顺便去弄堂对面的天潼理发店解决"头等大事"。"这理发店,我年轻辰光就有了,当时叫'白玫瑰'咯。"孙子怀念小辰光吧?"每天午觉醒来,拿了饼干零食,由阿婆抱着去苏州河看轮船。停靠在河边的船上有小狗小猫,他丢东西下去喂……"

79岁了,凌老师还喜欢"穿弄堂,沿河浜边走走"。走着走着,就有河边风景进入她的视野:"老闸桥下塂原来是友谊商店外贸仓库,从前六月里逢太阳好,门口席子一铺晒貂

皮大衣，现在还吭没拆。北苏州路小学的校舍，从前开银楼的，后来给教育局拿去做小学，历史建筑被破坏掉了，现在听说是卖给温州老板了，老式门窗装修得很像样……"

苏州河边，这样的风景越来越少，许许多多的故事已被拆得无迹可寻了。

陈古魁　作

在上海闯出一片天

这一阵,我在网上寻寻觅觅,钩沉70年前发生在苏州河畔四行仓库里的那一阕民族英雄正气歌。

我的忘年交安安知道了,浅笑倩兮,忽道:"我父亲是谢晋元的结拜弟兄,谢将军率八百壮士死守四行仓库的时候,我父母给他们运过食品的……"我一惊,忙拉住她,愿闻其详。安安使劲回忆,就是想不起任何细节,"49年我们全家去台湾时,我刚刚9岁喔,还不大记事。只是常常听大人讲起……"

安安的父亲王兆槐,黄埔军校四期出身,少年得志,20多岁就当上了京沪、杭甬两个铁

路局的局长。当年,安安和哥哥跟着父母,一家四口住在麦琪路上,家里拥有4幢花园洋房。安安回来后欲寻访老房子,也向好多人打听过,但一直没搞清楚"麦琪路"是今天的什么路。我上网,一下就查到了:乌鲁木齐里,即乌鲁木齐中路179弄,在安福路、五原路之间,初名麦琪路(Route A. Magy),建于民国26年(1937年),1943年改名迪化里,1954年改名乌鲁木齐里,占地1.3公顷,有楼房178幢。

那一批老上海人,在1949年去了海峡彼岸。安安是其中小小的一员。在岛上,她像那个时代普通人家的女孩子一样,与16岁时认识的初恋男友结婚、生子。不同寻常的是,她嫁入了豪门,并于46岁离婚,带着五个子女,黯然离台,移民美国。10年后,儿女长成了、出息了、飞离温暖的窝了,单身妈妈好想叶落归根。回台湾,还是回上海呢?在两片故土中,她最终选择了上海。

那一年,是1996年。那些游子盼归的日子啊,她一遍遍地梦回上海,梦见记忆里或想象里的旧时上海种种,她几乎听到苏州河上传来的"呜呜"的汽笛声了。

而其实,在上海,初来乍回的安安没有亲朋好友。凭着聪颖的悟性,凭着手中的一支笔,凭着笔底曼妙的丹青,她开创起平生第一

张安朴 作

份事业,"老来学走路,这是我人生的第二个开始。"上海好大,自由与无限的可能在等待着她。"这之前,在美国,我只是跟名师学了多年的书画,从来不曾靠这个或别的本事赚钱养家,更没上过一天的班。"定居上海后,她天天去朵云轩"上班",倾心筹划自己的第一个个人书画展。然后,卷了画轴辗转港台。两岸三地个展一开,一颗60岁的新星在中国画坛冉冉升起。展厅里,一幅幅心爱的字画被贴上了"红纸头",她看了欣喜若狂,"大家蛮欢喜我的画,有人买我的作品了!"

在创业过程中,她结交了最初的一批上海朋友,朵云轩的、博物馆的、电台的、报社的……朋友们帮衬着她度过了破茧化蝶期,然后守候在那里为她喝彩。

安安在所有场合都以中装示人,她家的衣帽间里全是喜气洋溢的旗袍、大襟衣衫、绣花软鞋。在心里,她始终认定自己是"的的刮刮"的中国人、上海人。一切蕴涵中国元素的物事,她都满心欢喜。有一天,在画画之余,她灵感闪现:把龙啊凤啊篆书等等中国元素组合到传统中式服装上,肯定讨人欢喜,外国人也许比中国人更欢喜这样子推陈出新的时装;或者直接就把那些元素镶嵌在画框里,绝对是别致的最最中国的礼物啊!这么想着,她搁下毛笔,拿起了铅笔、图纸、剪刀……画家,一转眼成了设计师。

大约九年前有一段时间，安安三天两头往苏州河畔跑。她的一个"磕头拜师的学生"在那里的艺术仓库租下一个工作室，起名Dragon World。这来自台湾的女学生，跟她学写字、做画框，把学习成果摆在那里展示。常有老外推门而入参观到爱不释手到掏钱据为己有，也常有大笔小笔订单自海外飞来。"师傅"安安坐在二楼的工作室里，欣赏得意门生之余，更欣赏这片艺术园地和窗外的苏州河，"繁华边上有这么好的一条河，难得！废弃的旧仓库做画廊，邪气好！"通过徒弟认识的隔壁两位做油画的台湾人，成了时常坐在一起分享高山茶的朋友。

安安的心思又转移了。这些年，她的身份是室内软装设计师，事业越来越发达。在过去的六年里，她设计的高等级样板房，从上海的中海瀛台到苏州的御湖熙岸内，已有30幢之多！安安成了业内公认的"敬业、时尚的设计师"，《风采》、《家居主张》、《时尚家居》等杂志长期追踪拍摄她的作品。"独特的品位从哪里来？"她自信，"没有成年累月生活的历练，没有出身环境的培养、文化的熏陶……怎么可能？"

她还在苏州太湖边上置地建屋，营造了一所最中国的"安安庐"。当儿女们从世界各地聚拢到膝下，她觉得自己是世界上最最成功、最最幸福的母亲。

在上海闯出一片天

这些年,我们眼看着多少60来岁的台胞到上海置业。但别人大多是为了养老,安安虽也口口声声说要"终老上海",却先跑来创业,在上海闯出了一片天。

沈向然 作

失衡的生态

　　去设在旧江南豪宅里的某会所吃饭。见多识广的朋友们，竟个个如刘姥姥进大观园似的，对着梁不像梁、柱不像柱的这么一处所在，逡巡、发呆。后来上洗手间，大白天的，却被笼在暗幽幽的灯影里，寻不着门在哪儿，辨不清男女指向。

　　这是让人放松享受的地方么？那些昂贵的装潢、精致的器物，好像存心要找人麻烦，把人弄得不自在、不舒适嘛！

　　前些年，饭局上总有人津津乐道自己装修房子的独到创意，怎么把墙敲掉、把门移了方向、把窗改了大小，怎么把各种功能变来变

去。一次，正姑妄听之，忽有不同声音悠悠地道："房子嘛，我欢喜门就是门、窗就是窗，不要去多弄花头，住着舒服顶要紧……"不由得抬眼去看那插言者，他说出了我的心里话。

联想苏州河。这些年，从下游到中游、从中游到上游，我都走过、看过，一个强烈的观感就是生态失衡。不管是自然生态、文化生态，还是社会生态。

这失衡的种种生态若得不到修复，治理中的苏州河便是那做作的会所，看上去很美，实质缺少人文关怀，与名副其实的母亲河距离远着呢！

徐昌酩先生告诉我，早年他从家乡乌镇来到上海时，听说小小的乌镇在这个大城市也有点名气，"有一条马路是以我们家乡名字命名的！"他放下行李，就奔去探乌镇路。几十年后的今天，他想作一幅乌镇路桥新貌写生，却被苏州河上的白鹭吸引，于是改画白鹭。"你相信苏州河上有了白鹭吗？"轻快的声音，透露了老画家雀跃的心情。

可是，动植物专家却在为白鹭们担忧。目前的苏州河边，几乎很少有绿地、树林、草丛，沿岸没有丰富多彩的自然植被，哪里去找小虫子、浆果之类的美味？何以引鸟筑巢？这么说起来，我们在河上见到的白鹭灰鹭只是从远处飞来觅食、凑凑热闹的"客鸟"啊！

赵丽宏 作

专家们还坦言，媒体上大肆宣传的"重回"苏州河中的鱼，并非货真价实的"本生鱼"，也都是从上游路过的"客鱼"。由于水质问题，这些鱼在河里的存活期很短。加上苏州河全线的堤岸都是硬梆梆的水泥壁，而不是留有大量沟缝的砌块垒壁，藻蕨类植物怎么扎根？鱼儿到哪里谈情说爱、生儿育女？

自然生态，在我看来正是那"门就是门、窗就是窗，住着舒服顶要紧"。

苏州河承载着深厚的海派历史文化积淀，可它的文化生态系统也未得到应有的保护。前几年，上海制订历史文化风貌保护规划，定了12个风貌区，奇怪的是，苏州河沿岸区域却不在其列。

看看异国的国际大都市，城中有资格被称作"母亲河"的，无一例外不是打"文化"牌的。当我们终于意识到文脉不可断，作为苏州河文化重要载体的河畔老建筑已所剩无几。在那些原址上造起来的新建筑，冠着中不中西不西的名字，文化气息淡了，商业味道浓了。这样的建筑，将来能给后人留下话题么？能成为城市的珍贵旧迹么？

曾经听到一个极有诗意的比喻——岁月的年轮。从空中看苏州河及沿岸楼盘，可以清晰地看到这样一种别致的年轮：先造的房子距水15米，后造的则退后50米，若以苏州河为中心,楼盘依建造年份发散开去,倒不失为将来研究城市建筑史的活标本。可是,这年轮并不完美,因为其中有楼盘明明是晚期的,却照样可以紧逼河岸造起来!按理说,作为长三角国家重要水系的苏州河,不只属于上海,不只属于某区,更不只属于某开发商。可眼前不完美的年轮,挑战了常理——在那片楼盘的诞生过程中,开发商第一,眼前利益、局部利益、个人利益战胜了长远利益、整体利益、国家利益。

游艇码头,一个美丽的梦。事实却不容乐观:开发商在河边开挖的人工汊港、滩涂、码头,成了藏污纳垢之处——涨潮时顺流漂进的杂物,退潮时"关"在里面出不去,任意漂流在河面上,保洁船又无法闯入那些"私家领地"打捞。一个威胁河道景观的新污染源!社会生态系统的失衡,导致了新的自然生态的失衡。

一位家住苏州河畔的同事跟我开玩笑说,我在某篇"心动苏州河"里写过一句他们楼盘的不是,致使每平方米均价跌了3000元。小文章里的一句话哪有这么大的力道?要算账的话,我倒是很希望大家来算一算:房地产的无序、无度开发,挤掉了苏州河特别是下游沿岸多少公共设施?大坝式的"景观房"夹击得苏州河几成三峡,航运功能的式微又造成了多少经济损失？缺少休闲的滨河绿化带，缺少博物馆、美术馆等文化配套设施，苏州河沿线房产的价值再怎么炒也有限啊！

　　哪一天，河里河边的各种生态平衡了，苏州河的整治才算真正完成了。2002年西湖打通时，中外游客手拉手环湖欢庆。"还湖于民"后的西湖，恢复了300年前的模样。在我的梦里，也有那么一天，我们在苏州河边拉起手来载歌载舞……

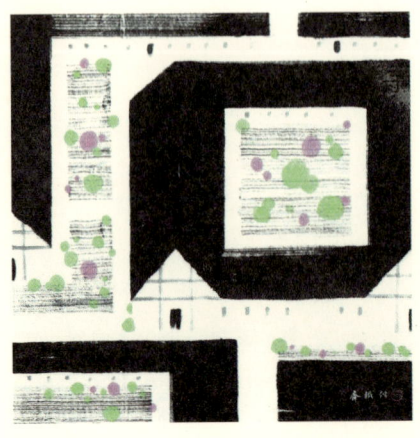

齐铁偕 作

画家心动

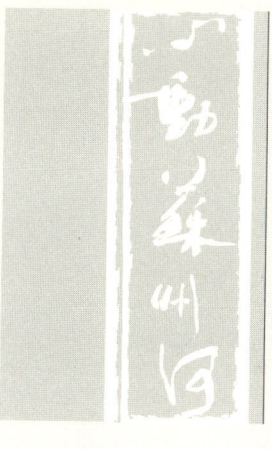

不知从哪儿觅来 1950 年的《解放日报》，肖谷在上面用碳笔画了一只小船，他小时候在苏州河上见过的那种。老报纸喑哑着脆弱着，泛出幽幽的旧气，字迹都有点漫漶了。

肖谷把这份古老的礼物以快递传到了我的手中。

想象不出创作西域油画的肖谷还会弄这样的小品。小心翼翼地捧着，盯着那船，我看出了神——这是哪年哪月的小破船啊，我要等多少年后才出生啊！版画效果的小船，静泊在夜苏州河的水心里，波光潋滟中，我看到时间缥缈的影子，倏的一下滑走了 50 年，又滑走了 100 年……

请朋友们为"心动苏州河"动动画笔！此

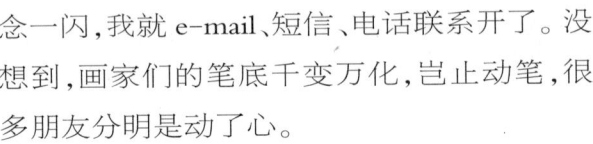

念一闪,我就 e-mail、短信、电话联系开了。没想到,画家们的笔底千变万化,岂止动笔,很多朋友分明是动了心。

我们在饭局上聊苏州河,在电话里聊苏州河,在短信、e-mail 里聊苏州河,不知有多少朋友为这个选题激情洋溢,而滔滔不绝,而跃跃欲试。

程多多读了数篇"心动苏州河",一天里画出三幅,e-mail 过来。那人那景,那日景那夜景,该是他记忆中的画面吧?特别是那幅苏州河上的船民,趣味十足,现实中还寻得到吗?我回信谈观感,不料他马上又作了第四幅。我至今没见到这四幅作品的原件,不知道它们的尺幅多大多小。留一份悬念在心里,也很美。而且,我相信,如果要画,从心底里流出来的苏州河是源源不断的,他可以一幅一幅地再画下去。

苏州河、苏州河,只要是上海人,好像人人都被这情怀牵着引着,百感交集着,剪不断理还乱。

发呆的时候我常常想,人区别于动物的有什么呢?应该有回忆。回忆藏在心深处,温暖着我们的人生。

看看此地文人画家关于母亲河的回忆:

陈鹏举的几叶扁舟,会勾起多少中国文人的亲切怀想。他在留白处题写感性的中国

施大畏 作

字:"昨夜梦中所见苏州河,千舟如雨意,一洗胸中之宿愁。余在河边骎骎消磨五十余年,怜之如亲人。"这样的文字、这样的画,最适合抚慰乡愁,让疲惫的身放松,让粗糙的心细腻。

戴逸如遥念1887年苏州河口花园桥边的那盏路灯。他的画,一改平时常见的繁复线条,逸笔草草,勾勒出古苏州河畔的田园风光。虽然是黑白的,但我看去墨分五色,绿的树、黄的灯、白的浪花、棕的桥和船桅,自然、悠闲,是回不去了的未及污染的状态。

赵丽宏有一天练着书法,忽然想起在苏州河上垂钓的陈年旧事,于是裁纸弄丹青。三条鱼,畅游在蓝色的水波里,它们预料得到若干年后的厄运么?抑或,我搞错了时间,画家在题跋写到后面明明说"现在治理有方,河水日清,鱼归来,看河上龙舟竞渡好风光,胜似当年"嘛!

王小鹰的苏州河,写实的野趣,好像画的是上游的景致。灰房、红塔掩在树丛里,砖桥下有篷篷船影影绰绰,青绿的树荫是苍翠欲滴的样子。

沈嘉禄画童年印象,用的也是彩墨,货船在外白渡桥前收帆放桅、等待穿过桥孔抵达码头的景象。近景中的桅杆上,飘着大红的绸子,是纪实还是画家儿时心境的写照呢?

也有回忆让人恨得刻骨铭心的。

我去拜访住在巨鹿路老房子里的贺友直先生。老画家专门为"心动苏州河"创作的画,乍看好像是从我们小时候看过的连环画里跑出来的。仔细一看,便看出了生命中不可承受之重:远景——苏州河,船;前景——马路边,一个荷枪实弹的日本兵,拦住了一辆黄包车,凶狠地瞪着眼,车夫和乘客心惊肉跳;中景——人行道上,另一个日本兵抡起手掌朝一名中国人扇去……画的左下角题"勿忘昔日难过事 友直画过苏州河之亲历"。"这个就是我!"贺老指着被打的中国人,愤愤地道。贺友直学生意时,一天过四川路桥去邮局寄包裹,正遇上日本人检查中国人打防疫针的证明,他没带,稍一迟疑,就惨遭凌辱。"我记得老清爽咯,当时电车过外白渡桥,一车子人都要下来,让他们检查……"贺老说着,还叽里咕噜模仿了一通日本人呵斥中国人的话……然后,他关照我:"我画政治题材,不能用就算了。"

告别贺老,回到初冬的暖阳里,我的心还紧缩在那里,回暖不过来。

这幅画,当然要用在我的书里。其实,在这组文字的第一篇里,早已有 Bill 披露的类似细节。

画不完的苏州河——
大病初愈的王宏喜,画了他刚来上海时

目睹的苏州河。

　　陈家泠、杨正新、陈古魁、施立华几位傍着苏州河搞创作的"半岛"画家,推门踱几步,就写生了闭着眼睛也画得全的苏州河。

　　周加华传来两张照片,却是瓷盘上的苏州河印象——大树和小屋。

　　王向明,以细细密密的笔触,描绘了一纸扇面,看着像是一出河边的才子佳人戏呢!

　　彭鸣亮在夜色里驾车送作品来。我打趣说,看抽象的彭鸣亮去南京路,看具象的彭鸣亮来《心动苏州河》。

　　最新寄到的施大畏中国画:淡墨依稀,太阳、月亮、小孩、鱼儿……是一曲绵延百年的童谣吗?

路正长

我的另一位忘年交 Bill，年近八旬还家事国事天下事事事关心。我写"心动苏州河"，他这老上海一篇一篇仔细地读，读完了还来信来电讨论。这样的读者，这样的一路陪伴，鼓舞着我，也拓宽着我的思路。

比如上个周末，在 Bill 长长的电话里，我忽然听到一件新鲜往事——

24 年前，刘湖涵教育基金会成立，时任市长的汪道涵先生接见基金会的海外理事。海外理事中，有一位方晓阳教授，当面与汪市长谈起想为上海治理苏州河污染做点事。

这方教授，绝非等闲之辈，在美国常春藤名校宾夕法尼亚大学，他是三位著名的华人

教授之一,以环保课题著称。他做的一个最富于想象力的项目得到美国政府拨款:取不同地方的土样,做成相同规格的立方体,放入一个盛有不同化学品的容器内,加压,以判断不同的泥土对各种化学元素的耐渗能力,从而选择埋不同垃圾的地点。

1940年代末,方离开上海时,苏州河还不见黑臭。30多年后回来发现污染这么厉害,他坐不住了。汪市长接见时,Bill在座,他回忆起方教授的设想,并以通俗的语言转述给我听:方认为,苏州河变臭主要是因为河底淤泥长期沉积造成缺氧。他要用一种类似螺旋桨的机械潜入河底,在那里"地老鼠打洞",把淤泥、垃圾搅起来,使之上浮,随河水冲入黄浦江、冲入大海,或就地打捞。这样一来,水体就被激活了,死水变成了活水,"原理有点像民间的明矾滤水。"Bill形象地发挥了一句。

潜在水底下的一个巨大的机器手?我急忙问这方案的下文。Bill没跟踪此事,"时机不到,再好的方案也没用吧。"设计方案的人,现今也该80多岁了。

"你这个题目好!"挂电话前Bill说,"海内外的同胞,都心系苏州河哪!"

海内外的同胞,都心系苏州河哪!这话我信。

可不,只隔了一天,就有朋友告诉我,刚

童年印象中石子货船至此由
渡桥前须收帆散橹后方能穿
过桥孔抵达码头嘉禄观

小动苏州河

沈嘉禄 作

去机场接人，亲戚一下飞机就说："中国能做成大事，短短几年，苏州河不臭了，河里有鱼了！"

朋友随口发一指令："去查查，泰晤士河治理花了多少年？"我脱口道："可不能简单地作比较，时间长短不一定能说明什么，还有媒体报道的选择性……"但回家后，第一件事还是搜索起别国的母亲河。

拯救泰晤士河的行动始于1858年：修建大型下水道，监控水质、加强污水处理，颁布《水资源法》，实施地表水和地下水取用的许可证制度，逐步形成了一体化流域管理的模式……漫漫百余年的治理，使泰晤士河跻身于欧洲最洁净的城市水道，已有100多种鱼和350多种无脊椎动物重返河中。

塞纳河的治理，始于1830年：兴建储水湖、双重水闸和船闸，下水道收集的工业、街头和居民污水直接送入污水处理厂，治理河岸道路使"人水和谐相处"，使海鸥、翠鸟、绿头鸭、野鸭、白头鸟、黑水鸡纷至，鳟鱼、鲈鱼、白斑狗鱼、河鳗、红眼鱼、冬穴鱼沓来，还引进了六须鲇等外来鱼。

保护莱茵河国际委员会成立于1950年，1960年代沿岸各国与欧共体代表签署控制污染源的合作公约，可直到1970年代莱茵河还背着"欧洲下水道"的恶名。1987年，保护委员会开始实施莱茵河生态系统整体恢复计

划：拆除不合理的通航、灌溉及防洪工程，用草木绿化河岸，在部分改弯取直的人工河段恢复自然河道。2000年，又制定"莱茵河2020行动计划"。莱茵河由此重现生命之光，63种鱼在河里安家，包括绝迹了好久的鲑鱼。

上海让黑臭80多年的母亲河复活，花了差不多20年的时间，投资百多亿元。1988年8月，苏州河合流污水工程启动。而对苏州河实施"大手术"的苏州河环境综合整治一期工程，是在1999年底开工的，三年里实施的支流截污工程、石洞口城市污水处理工程、支流建闸控制工程、综合调水工程、环卫码头搬迁及水面保洁工程、曝气复氧工程、底泥疏浚工程、防汛墙改造工程等十大工程，从根本上治理了苏州河的水体污染。2003年4月开工的二期工程，使苏州河干流水质达到了景观用水标准，主要支流基本消除黑臭，苏州河环线以内建成了自然景观和城市景观相协调的滨河景观廊道。三期工程今年初已开工……

我曾多次随政协委员视察苏州河主流、支流，印象最深刻的是，走近郊外的一些支流，依然有熟悉的气味扑鼻而来，令人避之不及。

每一次，我都试图向相关人员了解详情。作为记者，我觉得应该记录苏州河主流的日新月异，更有责任写出在支流的所见所闻。想借此提醒人们：治理苏州河不单单是政府部门的责任，更是每一个市民日常生活中的大事。这么复杂的事情，一定需要几代人的不懈努力，从来就没有一蹴而就的伟大工程。

路正长。让我们共同努力，共同见证。

程多多 作

自由与无限的可能（代跋）

这是中央台一档音乐节目的广告语。

晚上儿子追着这档节目看的时候，我常常沉浸在"心动苏州河"里。"自由与无限的可能"，第一次入耳就直抵心扉。

想起欣欣然应承下这个专栏时，写什么、怎么写，心里其实完全没谱，唯一的线索只有三个字：苏州河。可对于土生土长的上海人，这三个字已经足够。5月，我踏上了这趟充满"自由与无限的可能"的旅程。后来，被问及没有提纲怎么可以写书，我回答："就像你有一份好工作，却不晓得退休时的样子，多刺激啊！"

刚在报上发表了第一篇，就有朋友质疑："你这年龄，写苏州河？嫩了点吧？"我颇不以为然："谁规定写苏州河必须中老年啊？我对生活有激情，对上海有人文感觉，就有资格写。"与此同时，在报社的电脑房里、编前会上，在政协机关的

午餐桌上，参与感强烈的讨论鼓舞着我，激发着我的灵感。

其实，对苏州河，我早在前几年就上心了。那时候，每年政协大视察都有苏州河治理专题，我连着几次跟去采访。每当我发现苏州河支流黑臭依旧想追根究底时，有关人员总是顾左右而言他，或者干脆不理不睬的。当时正大力宣传苏州河治理成果，并不鼓励如实报道另一些真相。我很失落，觉得记者没当好，不称职。这个伏笔，成了我今天写苏州河的一大动力。

在开篇的结尾，我写道："有１００个观众，就有１００个哈姆雷特。问１００个上海人，岂不就有１００条苏州河？"真是这样的！在写作专栏的七个月里，我听中年一代讲在苏州河里游泳摸鱼捉虾、与小伙伴沿着漫长曲折的河岸暴走的故事，听老一辈讲过外白渡桥、四川路桥时被日本宪兵欺侮的故事，听设计师、艺术家、画商讲进驻旧仓库、老厂房开辟新天地的故事，听依河而居的老上海人怀旧，听海外归来的新上海人憧憬，居然还有前辈同行追忆报道苏州河未遂的

遗案……

有读了几期专栏的摄影家问,出书时要不要配照片。以照片为主的苏州河题材图书,坊间已不止一本了,没有新意吧?可这一问,倒是启发了我:读图时代的散文书,不配照片可以配插图啊!写苏州河的散文配画,前无古人,值得一做。于是,一边写,我一边组起画稿来。开始缺乏想象力,我只是约请朋友们画苏州河速写。陆陆续续聚拢的一幅幅作品让我大开眼界——什么画都有,而且还有改变画风的、超水平发挥的。可见"苏州河"三字,让这些专业的业余的画家也或多或少心动了。于是,我更用心地写我的散文,唯恐被画PK下去……

我享受着这个过程,不知不觉写满了20篇。

是一个象征吗?我不喜欢看得到头的人生,没有挑战的人生。"自由与无限的可能",这样的人生才有意思,才值得追求。

想说感谢

总有一些鼓励,在路上。所以,我很温暖,我想说感谢——

感谢我的爸爸、妈妈。特别是妈妈,若不是她的催促,这个专栏也许不会及时开张。每星期五,妈妈在家里读新一期的《联合时报》,爸爸则散步到小区的报栏前读。星期天见了面,妈妈会对我说苏州河写到第几篇了,或者问这期怎么没写。一转身,儿子、先生和我就笑着嘀咕:"幸好外婆没当资本家,不然不知要逼死多少工人!"

感谢浦祖康君,我们报社的社长、总编辑。这本书的缘起,是这位"点子总编"的一番话:"市政协文史委今年在做一个课题,题目像散文——'苏州河的昨天、今天和明天'。我们倒可以开个散文专栏,和他们呼应……"他为专栏起了名,还早早为书题了封面。他审稿,有一目十行之功,却总能敏锐地发现问题。记得那篇《"不沉之船"之魅》,他已经签发了,想想仍不满意,下班后还发短信嘱我修改。

一些篇目,正是在这样的推敲之下定稿的。请他为本书作序,再合适不过。

感谢陈鹏举君信笔而为序二。这是一个心许文字的人,为另一个心许文字的人写下的文字。心有所许,我觉得是成就一些事情的先决条件。

感谢吴驷君。从一开始,这位优秀的同行就关注此事,寻出从前编辑的相关版面让我学习。几次茶叙,他侃侃而谈,我听着听着就打开采访本记起来。我自以为博览群书,可他关照我去读的某本书却总在我的视野之外。我想找什么人物,他拿起手机就翻到我要的电话号码……好几个题目,就出自他的启发。

感谢燕春晓君、毕勤朴君。和燕君商讨版式,我说,要疏朗、大气。他轻点鼠标,忙乎一阵,小样打出来正是我想象中的气质。负责处理图片的毕君,多次指出我的疏忽,比如有一天他说,要是能约到贺友直先生的画就好了,他最代表上海了。我才赶紧跑去叩贺府的门。

感谢朱志诚、钟修身、郑重、陈诏、郑祖安、陈保平、吴天祥诸君。写作过程中,

是他们的直言批评帮我发现了新的视角，鞭策我越写越勤勉。

感谢虞仰超君。是他举重若轻的点拨，为我指明了方向。

感谢商务印书馆。他们的青睐和宽容，加大了我创作的动力。能够在有着110年历史的这家名社出版一本专集，是我2007年最大的收获。这一年的幸福指数，也因此直线飙升。

潘　真

2007年12月24日

一缘斋